ぎあまん
[イラスト] 吉武

2

底辺おっさん、チート覚醒で異世界楽々ライフ

アキオーン
スキル【ゲーム】持ちのおっさん転生者
フェフ
エルフの国の重要人物

ウルズ
知的で温厚な
フェフの付き人
スリサズ
元気で活発な
フェフの付き人

竜樹デミラシル
真祖・世界樹より
落果したる竜

CONTENTS

06 王都に帰還とフード娘たちの危機

王都から西の街アイズワへ向かった時は、走って三日が過ぎた。

今回、アイズワから王都に戻るのは一日で足りた。

日中は人目もあるので抑えめに早歩き程度で済ませたけれど、夜はほぼ全力疾走。途中にある宿場町や村なんかを迂回《うかい》して進んだにもかかわらず、翌日の朝には到着してしまった。

雪解けの水でぬかるみとなった道ももののともしなかった。

「おおう」

ステータスがもう人外になっているのはわかっていたけれど、まさかこんなに早く着けるとは。

早朝、全身から湯気が上がっているのはさすがに怪しすぎると、離れた場所で体が冷めるのを待ってから門を抜けた。

広くて雑然とした王都の雰囲気を懐かしく思いながら冒険者ギルドに到着。

「あ、アキオーンさん、帰られたんですね」

受付で自分の番になると受付嬢が明るい声で名前を呼んでくれた。ポーションの時に声をかけてくれた受付嬢だ。

「はい。帰ってきました」

なんとなくほっこりした気分で答えたのだけど、彼女は周りを見てから声を潜めて告げた。

「アイズワの冒険者ギルドからアキオーンさんのことを訊《たず》ねられて、びっくりしましたよ」

アイズワというのは、さっきまでいたダンジョンのある西の街のことだ。

そういえば、俺のことを調べたって言ってたっけ。

「あははは……ご迷惑を。ちょっとした勘違いをされてしまって」

「そうなんですか。大変でしたね。移動届ですよね？」

「はい。お願いします」

と登録証を渡す。

なにげなく「はい」と受け取った受付嬢はそれを見て目を見開いた。

「……え？　銀？」

銀の登録証に驚いている。

「お、おめでとうございま……す？」

「ありがとうございます」

うん、前から俺のことを知っているんだから、そんな反応になるよなぁ。

……これは、こっちでも一騒動あるかなぁ。

なるべく穏便なのがいいなぁ。

なんて考えつつ、その日はこれでおしまいと冒険者ギルドを出ていつもの安宿に向かう。

「今度こそ、ちゃんとした家を買……いや、借りよう」

土地が限られている王都は不動産が高い。

王都暮らしが長いけれど、冒険者として活動することを考えると、買うより借りる方がいいような気もする。

……単に、買うには思い切りが足りないだけかも？

まぁ……なにごとも順序があるよね、うん。

安宿の女将《おかみ》にも「おかえり」と言われてうれしかった。いままでと同じ部屋を借りられたのも、なんか帰ってきた感があってこそばゆい気持ちになる。

「ああそうだ。隣のあの子たち」

と、宿の女将が思い出したように話し出した。

「なんだか最近部屋にこもりっぱなしなんだけど、あんたちょっと見て来てくれないかい？」

客に言うなよって話だけど、俺が紹介した子たちだし、安宿だからいろいろ省力されている感じだ。

この安宿は日中は部屋にいられないのだけど、あの子たちは余計にお金を払って日中も中にこもっているのだという。

書写など、部屋でできる仕事を選んでいたからそれではないかと言ったのだけど、最近は仕事を取りに出ている様子もないと。

そんなことを言われたら嫌な予感しかしない。

さっそくフード娘たちの部屋に向かった。

控えめにノック。

「ええと、アキオーンだけど？　久しぶり。帰って来たから挨拶と思ったんだけど」

ああ、そういえば土産《みやげ》とかないなとちょっと慌てながら返事を待っていると、ギィ……とドアがわずかに開いてフードが姿を見せた。

一人だ。

三人はフードを絶対に外さないので顔はわからない。

「あ、元気……じゃなさそうだけど、どうしたの？」

「た、たすけて」

「え？」

そう言うとフード娘は俺の手を引っ張って部屋の中に入れた。

「スリサズ！　なにしてるの!?」

「でもウルズ、このままだとフェフ様が……」

「スリサズ！」

フード娘二人が言い合いをしている。

何事かと思っていると、ベッドにもう一人が眠っていた。

ここからでもわかる。呼吸が荒い。

もしかして、病気？

「どうしたの？」

「近づかないで！」

寝ている子に近づこうとすると、フード娘の一人が立ちふさがる。

入れてくれた子とは別、ウルズと呼ばれていた子だ。

ベッドに寝ていた子もフードを被っている。ウルズが慌てて顔を隠したのだろう。

この子たちは頑《かたく》なに顔を隠している。

近づけないけど、能力が上がったおかげか感覚が鋭くなっているので、集中しているとここからでもわかる。

たぶん、熱もある。吐息に異音。喉が腫れている？

「風邪？」

だと思う。

それに……他のフード娘たちも立っているけれど、なんだかふらふらしている。

「ごはん、食べてる？」

「うっ……」

仕事してる様子がないって話だったし、食べてないんだろうなって思った。

栄養不足でまだ寒いこの時期だから、風邪を引いたんだろう。

「ふう」

ちょっとだけ悩んだけど、こうなったらしかたない。

【ゲーム】を起動。

まずは、リンゴジュース。

材料はリンゴのみだから、果汁百パーセントのはず。

民間療法では風邪にはすりおろしリンゴっていうし、ジュースでも多少は意味があるはず。

とにかくいまは栄養。しかも消化しやすいやつ。

「とりあえずこれ飲んで」

戸惑う二人に、リンゴジュースを押し付ける。

「それなら寝てても飲ませられるでしょ」

と言うと、ハッとした顔で寝ている子にちょっとずつ飲ませていく。

寝ている子がほっと息を吐《つ》き、寝息が少し楽になった気がした。

「ほら、君たちも飲んで」

安堵《あんど》している二人にもリンゴジュースを飲ませる。

とはいえそれだけだと栄養もカロリーも足りないので、さらに追加。

弱っている時に重いのはだめだから……ここは、うどんだ。

病気といえばうどんだよねという安直な考え。

またもいきなり現れた見知らぬ食べ物に動揺しているフード娘たち。

「こうやって食べるんだよ」

自分の分も出したので、それを箸を使って食べて見せる。

ああ、いきなり箸は難易度が高いか。

フォークは……よかった、家具の中に食器セットがあったからそれを出す。

俺が先に食べたことと、見慣れた食器を出したことで安心してフード娘たちも手を伸ばす。

フォークとスプーンでパスタみたいに食べる。

「う、うう……」

食べながらフード娘の一人が泣きだした。

苦労したんだなと思うと、なんだか悪い気がした。

「ありがとう」

「どういたしまして」

そう言ったのは、部屋に入ってきたのを反対していたウルズって子のはず。

たぶんだけど。


ドアを開けてくれた子、スリサズが状況を説明してくれた。

俺がアイズワに行った後も順調に冒険者ギルドで仕事ができていたのだという。

だけど、ここ最近になって急に依頼がなくなってしまった。

掲示板にいつもある依頼札がなくなったのだ。

「急に私たちがしていた仕事がなくなって困っていたら、変な男たちが近づいて来て……」

「仕事をやるからって言われたけど、それを断ったんです」

それはそうだ。

たしかに、怪しいもんね。

「それから仕事がない？」

「はい」

「うん」

「ううん……」

仕事がなくなった仕組みは想像が付く。

けど、フード娘たちにそんな声かけをした理由がわからない。

声の感じから女の子なのは確かだし、それが向こうの理由の大半な気がするんだけど、顔も見せない子供にそんな言葉をかけてくる理由は？

孤児の女の子はたくさんいるだろうに、フード娘たちにこだわったのはなぜ？

フード娘たちは、かたくなにフードを外そうとしない。

申し訳なさそうな雰囲気を感じるけど、それでも素顔は見せてくれない。

まぁ、いきなり信用しろと言われても無理だよね。

「とりあえず、その子の体調が戻ってからだね」

そう言うと【ゲーム】からリンゴをたくさん出しておく。

後は、ダンジョン攻略中に食べるつもりで買い込んでおいた保存食もいくらか出す。保存食はそのまま食べるのは消化に良くないけど、なにもないよりはマシという感じで。

「あの、それは……なに？」

フード娘たちは、部屋の中央にいきなり積まれたリンゴや保存食に驚いている。

これだけならただのマジックポーチだけど、さっきのうどんはちょっと怪しいからね。

「内緒だよ。君たちと同じでね」

「……はい」

そう言うと納得してくれたので、それで部屋から去った。

次の日、朝からフード娘の部屋を訪れてみると、あの子が目を覚ましていた。

「あの、ありがとうございます」

まだ喉が腫れている声だ。

「まぁとにかく、食べて元気を出そう」

というわけで再びうどんとリンゴジュース。

無事に食べ終わり、そのまま眠ってしまった。

他のフード娘たちも疲れている様子なので、三人ともに回復の魔法をかけておく。

傷を治すのが主な効果なので病気には効かないだろうけど、多少は体にいい効果もあるかもしれない。

昨日はまだ警戒されていたから接近できなかったけど、今日は近づくことができた。

夜にまた来ることを約束して、部屋を出る。

女将には、大丈夫だったけど体調を崩しているようだから、しばらく俺が様子を見ると伝えておいた。

女将は心配しているけれど、自分で動く気配はない。

とはいえ、責める気にはなれない。

こんなその日暮らしの刹那的な連中を相手にした宿を経営していれば、こういうことは日常的に起こるのだということは俺も知っている。

いま、俺がフード娘たちに優しくできているのも、余裕があるからだし。

宿から追い出されて外に出たけど、なにをしようかと考える。

商業ギルドにはお酒ができてから顔を出したい。

酒造場ができるのは明日だし、お酒だってその日の内にできるとは限らない。

あ、でも物件のことで相談もしたいから、やっぱり行こうかな。

でもとりあえずは冒険者ギルドに行ってみよう。

そういえば薬草を買っていた子たちもいたが、元気なら薬草採りに森に出ているか、あるいは武器を買う金を貯《た》め終わり、他の依頼をがんばり始めているかもしれない。

冬はたぶん、雪下ろしなどの除雪の仕事をしていたのではないだろうか？

冬場の肉体労働としては定番だし。

冒険者ギルドに到着する。

依頼札の貼り付けられた掲示板を眺める。

書写などの在宅でできる仕事が見当たらない。

読むことはできても書けないという人は多いので元から人気のない依頼なんだけど、在宅でできる依頼には、書写以外にも服の繕いとかもあったりするのに、そういうものも見当たらない。

ちょっと離れたところで様子を見ていると、俺と同じように掲示板側《そば》に居座っている男がいることに気付いた。

そして、掲示板を見た何人かが舌打ちしながらその男に近づいて、こっそりと依頼札を受け取っているのを見た。

依頼札を受け取った人物になにげなく近づいて手元を覗《のぞ》くと、書写の仕事だった。

ということは、在宅系の依頼をあの男が独占して、それを知っている連中はあの男から受け取っている、ということか。

これはやっぱり、なんらかの作為があるなぁ。

依頼札のやりとりに金の支払いなどをしている様子がないから、不正な独占や転売として冒険者ギルドに訴えることもできない。

基本的に、依頼札を取るのは早い者勝ちなのだ。

こういう嫌がらせは大きな冒険者組織……パーティよりも上のサークルとかクランとかの間で諍《いさか》いが発生した時に起こりやすい。

とはいえ在宅系の仕事を独占なんてのは、初めて見た。

知らない間に起こっていた可能性もあるけど。

「それ、なんの仕事です？」

「あ？　こういうのだよ」

依頼札を抱えている男に話しかけると見せてくれた。

やっぱり在宅系ばかりだ。

「どこかと喧嘩《けんか》中？」

「あ？　お前には関係ねぇよ。取らないなら失《う》せろ」

ギロリと睨《にら》んでくる。

怖くはないけど撤退。前なら震えあがっていたかもしれないけど、いまの俺はオーガとだって裸で殴り合えるしね。

離れたところまで撤退してまた考える。

俺がどこかのパーティやサークルやクランに参加しているかも聞かないで依頼札を見せてくれた

ことから、排除しているのは特定の個人の可能性が出てきた。

とはいえこれもやっぱり、フード娘たちのことがあるからそう考えてしまうのだけど。

ただの気のせい？

それとも本当にそう？

彼女たちが頑なに顔を見せようとしないからね。なにか秘密がありますって、言っているようなものなんだけど。

さて、どうしようかな。

「お、いたいた」

と、声をかけられてそちらを見ると戦闘訓練の講師がいた。

「久しぶりだ。帰って来たんだな」

「ええまぁ」

「……ふん、なるほどなぁ」

「？　なにか？」

「いやな……お前さん、銀になったんだって？」

プライバシーはどこにいった？

と思ったけど、これぐらいならギルド職員内の情報共有で収まる話か。

他の冒険者に聞こえるように言ったわけではないからね。

「アイズワのギルドから問い合わせがあった件も知ってる。それでだな……うちとしてもお前さんのいまの実力を見たいそうだ」

「ええ……」

「許せ。なにしろこっちは、いままでのお前さんを知っているわけだしな」

それもそうかと、大人しく講師の背中に付いて行った。

ここはいわば地元だ。

だから、あまり知らなくてもよく見る顔というのはあるし、そんな人物に対する評価もある。

名前は知らないけどぱっとしないおっさんが、冬を越えたら銀等級冒険者になった。

うん、俺だってそんな話を聞いたらいろいろと疑ってしまうかもしれない。

戦闘訓練の講師は、悪意を持って接して来ないだけ、アイズワのギルドマスターより理性的な対応をしてくれたということなんだろう。

「お前さん、槍《やり》だったよな」

ん？

と思った。

でもすぐに、そういえばアイズワのダンジョンに挑戦する前はそうだったと思い出した。

まぁ、槍術《そうじゅつ》補正も一応あるし、いいか。

「はい」

「ほらよ」

練習用の木の棒が投げられて、それを受け取る。

俺の前に立ったのは講師だった。

講師も槍を持つ。

「ふうむ……」

お互いに構えて向かい合うと講師は唸《うな》った。

「よし、だいたいわかった。俺じゃあ敵《かな》わん」

「へ？」

「だけど、それじゃあ納得できん人もいるからな。とりあえず、あの案山子《かかし》を突いてみろ」

と、型の練習をする時に使う錆《さ》びた鎧《よろい》を着せられた案山子を示す。

「え？　いいんですか？」

「いいんだよ」

いいのか？

周りで練習している冒険者たちは講師が仕事をしているだけだと思っている様子で、注目されていない。

だけど、それ以外でいくつか視線が刺さっているのはわかっている。

休憩中とは思えないのにあの受付嬢がいたりするから、たぶん見ているのはギルドの職員たちだろう。

ギルドの職員たちには実力を知っていてもらいたい。

そうすれば、アイズワの時みたいな事件は起きないはずだ。

「よし」

そうと決まればと、案山子を突いた。

本気……まではいかないけど五分ぐらいの力で案山子の胸を木の棒で突く。

パァン！

……と、派手な音がした。

持っていた木の棒も破裂したけれど、案山子の方は鎧の胸に穴が空き、中にある木材と藁《わら》で組んだだけの本体はバラバラに砕けてしまった。

音があまりにすごかったので、訓練所にいた人たちの視線がみんなこっちに向いてしまった。

「いや、なにがあったらこうなるんだよ」

講師の言いたいこともよくわかる。

「おっさんでもたまには目覚めるみたいですよ」

俺の言い分は首を振るだけで流されてしまった。

「わけがわからん」

とにかくこれで疑いは晴れた。

そのまま帰ってフード娘たちにご飯を差し入れる。

寝ていた娘……たぶんフェフが体を起こすぐらいに元気になっていたので、今夜はコーンスープとサンドイッチにしてみた。中身はハムとチーズとレタス。

うどんは消化に良いだろうけど、こっちの方が知っている味に近いから安心できるだろうし。

それから、途中の市場でおろし金を見つけたのでそれを使ってすりおろしリンゴを作った。

フェフはそれもきれいに食べて、また眠った。

「あの……」

「うん？」

「どうして、こんなに良くしてくれるんですか？」

フード娘の、たぶんウルズが聞いて来た。

部屋に呼ばれた時に警戒心を爆発させていた彼女にとっては、俺がこんなことをする理由がわからなくて混乱しているのかもしれない。

「ただの善意……と言いたいけど、余裕かな」

「余裕？」

「君たちにこういうことができる余裕があるから、そうしている。つまり、俺にそんな余裕がある時に出会えた君たちが幸運だったってことさ」

「幸運」

「そう」

と、頭を撫《な》でようとしたけど、ウルズがびくりと体を震わせたので途中で止《や》めた。

「じゃあ。今夜はもう寝るから、なにかあったら言いにきな」

そう言って隣の自分の部屋に戻る。

食事は彼女らと一緒に食べたので、いつもの黄金サクランボを摘《つま》みつつ、日課を済ませようと【ゲーム】を起動する。

「お」

酒造場が完成していた。

「それで、どうやってお酒を造るんだ？」

酒造場は自分の家に増築する形で作られているようなので家に入ってから酒造場に向かう。

家の間取りを無視して通路が作られたので、間に風呂場を挟んで移動することになってしまったのはご愛敬《あいきょう》？

気が向いたら配置換えをしよう。

まぁ、こういう気が向いたら系はなかなかやらないんだけどね。

酒造場の中は日本酒の蔵元みたいな雰囲気がある。

昔の酒蔵と最新の技術が混ざっているような雰囲気。

でも、どれだけうろついても操作できそうなアイコンが出てこない。

「もしかして？」

しばらく首を傾《かし》げてから、いつものクラフト台に向かう。

お酒の項目があった。

……まっ、深く考えるのは止めよう。

で、なにが造れるのかな？

あるのは各種フルーツのお酒と……あ、ビールと日本酒もある。麦も稲も畑で作れるからね。

水田じゃないのかとかそういう細かい話は聞きたくない。

試しになにか造ってみよう。

リンゴ酒を選択、と。

『リンゴ酒（小樽《こだる》）：リンゴ10　木材1　魔石2』

……魔石？

材料的にいろいろツッコミがあるかもしれないけど、それは酒造場がなんとかしてくれるという大雑把《おおざっぱ》設定だとして……魔石？

あ、酒造場を動かすのに魔石がいるってことか？

木材は樽の素材ってことか。

うわぁ、ダンジョン最終日にとっていた魔石、売らなくてよかったぁ。


『リンゴ酒（瓶）：リンゴ2　海岸砂1　魔石1』

海岸砂……珪砂《けいしゃ》が採れるからか。これは他の家具を作る時に見たことがあるからわかる。

つまり、酒の素材と入れ物の素材、酒造場を動かす動力源の組み合わせってことだな。

見てみたけど、他のお酒も似たような感じだ。

とりあえずリンゴ酒（瓶）を造ってみよう。

ガンガンゴンゴン……と相変わらずそれでいいのかという効果音と作業風景の後に……。


『リンゴ酒（瓶）ができた』

すぐできたよ。

まぁいいや。

とりあえず、リンゴ酒（瓶）を十本。リンゴ酒（小樽）を五個造って、明日は商業ギルドに持って行ってみよう。

ちなみに、試しに一本飲んでみたらすごく美味《うま》かった。


そして次の朝。

隣の部屋の様子を見に行くとフェフが起きていた。

「おはようございます」

フードの中から聞こえてくる声は明るい。

まだ咳《せき》は止まっていないけれど、喉の腫れも治まってきているようだ。

「なにか食べたい物とかないかい？」

「そんな！　いただけるだけでありがたいのに……」

「まぁまぁ、どうせ食べるなら美味《おい》しいものがいいでしょ？　とはいえ、なんでも出せるってわけじゃないけど。甘いのとか辛いのとか、なにかないかい？」

「それなら……甘いものを」

「ふむふむ」

朝食で甘いものっていうとこれかな？

「じゃじゃーん、ホットケーキ！」

ふわふわ分厚いホットケーキの三段重ねだ！

ホカホカの湯気で上に載っているバターも溶けて、メープルシロップが入ったピッチャーも付いている。

紅茶もセットだ。

「「「うわぁ……」」」

フード娘は三人ともが自分の前に置かれたホットケーキに目を奪われた。

もちろん食器もセットになっている。

「はい、じゃあどうぞ」

俺もいただく。

ナイフとフォークで切り分けて、まずはバターだけで食べる。

バターの塩味とホットケーキの淡い甘みが混ざって美味しい。

味に慣れてきたところでメープルシロップを使う。

俺が食べたのを見て三人娘も食べ始める。

「「「っ!?」」」

すぐに夢中になった。

「ああ、そうだ」

残ったお茶を飲みながら三人に昨夜思いついた考えを言ってみることにした。

「実は、この冬にダンジョンで大儲《おおもう》けできたから家を借りようと思っているんだけど、よかったら君らも一緒に来るかい？」

フードの奥で三人が動揺するのがわかった。

それから、昨日冒険者ギルドで見たことを話す。

「そっちに人に言えない秘密があるのはわかっているけど、どうも、今回の依頼の独占は君たちへの嫌がらせのように思えるんだ。このまま仕事ができなくて困った立場にして、なにかを迫る気なんだと思う」

「そんな……」

「しばらくは俺が代わりに依頼をもらって来るっていうこともできると思うけど、効果がないってわかったら実力行使とかしてくるかもしれない。そうなったら、ここはもう場所が知られてるだろうから危険だよ」

「「「……………」」」

フードの奥にどんな秘密があるのか知らないけれど、性別が女というだけで向こうが考えていることにある程度の予想を立てることはできる。

目の前にいるのは明らかに子供だけれど、子供だから良いという性癖は存在するわけで。

そっち方面が目的だと仮定したとしても、フード娘たちを狙っているのは裏稼業の連中ではないかと思う。

となると突然に襲撃してきて攫《さら》うなんてことだってやるかもしれない。

いまのところそれをしていないのは、攫うことで生じるリスクの方が面倒だと思われているからだろうけれど、いつ力尽くで誘拐に切り替えてくるかわからない。

「「「…………」」」

フード娘たちは黙り込んでしまった。

まぁ、すぐには答えられない問題だよね。

「ま、ちょっと考えてみて」

食事が終わるのを見計らって食器を回収すると、いつものように果物を置いていった。

今日はみかんにしてみた。


さて、フード娘たちと別れて商業ギルドに向かう。

受付でリベリアさんをお願いするとすぐに会えた。

「アキオーンさん、お久しぶりです」

「はい、お久しぶりです。ええと、今日はですね、新しい物があるんですが」

いつものリンゴ五十個入りの樽を置きつつ、相談する。

マジックポーチを手に入れているので、一度安宿でこっちに移してから持って来ている。俺がマジックポーチを手に入れたことにリベリアさんは驚いていたけれど、新しい物という言葉ですぐに立ち直った。

「なんでしょうか？」

「これです」

とりあえず、リンゴ酒（瓶）を一本出す。

「お酒ですか？」

「はい。このリンゴを使った」

「え？」

「とりあえずこれは試供品ということで、味見してください」

俺の味覚では文句なしに美味いけれど、舌が肥えているリベリアさんたち商業ギルドの職員たちだとどうか？

「ちょっとお待ちください」

リベリアさんは一度席を立つと酒類担当だという男性を一人連れて来た。

「いや、アキオーンさんが持ってきてくださる果物は我々の間でも話題になっておりまして、それで造られた酒となると一体どんな味になるのか」

「あはは……ご期待に応えられたらいいのですが」
ハ、ハードルを上げられてしまった。
ドキドキしながら二人が試飲するのを見つめる。

「ふむ」

ショットグラスぐらいのガラスコップに半分ほどリンゴ酒を入れて、色を確かめ、匂いを確かめ、そして口に運ぶ。

「「っ!!」」

二人の目が驚きに見開かれた。

「美味しい……」

「アキオーンさんのリンゴと同じように酸味と甘みが絶妙に混ざり合い、そこに酒精の苦みがうまく入り込んでいる。それにこの意外に強い酒精がいい！」

「ど、どうも」

「これは売れますよ！」

「ありがとうございます！」

「これなら一本……10000L《リーン》出します」

「一万！」

ええと、瓶だと材料はリンゴ二個と海岸砂と魔石一個だっけ？

リンゴ一個が500Lで売れるんだし、海岸砂は労力を無視すればタダ同然、魔石も一個だと……一個の値段がわからないな。でもたいした値段じゃないはず。

うん、問題ない。

「はい、それでお願いします！」

「ありがとうございます！」

で、持って来たリンゴ酒（瓶）の内、味見で提供した一本を除いた九本で90000L。

内容量的には瓶五本分のリンゴ酒（小樽）が一つ45000Lで五樽売って225000L。

瓶の方が高めなのは瓶そのものを評価されたからだ。

で、いつものリンゴ五十個が25000L。

全部で340000Lとなった。

とりあえず、全部商業ギルドの銀行に入れておいてもらう。

うん、売れると楽しい。

ダンジョンの方が一度の儲けが大きかったけど、こっちは安全にお金になるのがすごい。

でもこの調子で造ったり売ったりしてたら、さすがに果物の在庫がなくなりそうだ。

売る数を調整するか。

それとも森とかも果樹園にしてしまうか？

でもそれだと景観がなぁ。

って、いまそれはいい。

「あ、すいません。別件のお願いがあるんですが？」

「はい、なんでしょう？」

また儲け話!?　とリベリアさんたちの目が光る。

違います違います。

その後、不動産担当の人を紹介してくれた。

††フード娘たち††

アキオーンが去った後でフード娘たち……フェフとウルズとスリサズの三人は黙って視線を交わした。

「ど、どうしよう？」

そう言ったのはフェフだ。

「危険です」

「でも、いい人だよ」

ウルズが反対し、スリサズがおずおずと意見する。

「そんなのはわかってる」

ウルズはむっとした様子で言い返した。

「アキオーンさんがいい人なのはわかっています。だけど、そこまで頼ってしまったらあの人にだって危険が及びます」

「でも……あの人がいなかったら私たちもうだめだったよ」

「うっ……それは、これからなんとかすれば……」

「でも……」

「でもでもうるさい！」

「うっ……」

ウルズに睨まれ、スリサズが泣きそうになる。

だけど、ウルズだって本心ではないことくらい、フェフにも、睨まれているスリサズにだってわかっている。

言い合う二人を見ていて、フェフの気持ちは固まった。

「ウルズ、スリサズ、喧嘩は止めて」

「はい」

「フェフ様、申し訳ありません」

「いいえ。私が不甲斐《ふがい》ないから二人にこんな苦労を掛けているのですから、申し訳ないのは私です」

「そんな……」

「私が言い出したことですけど、アキオーンさんの申し出はお断りしましょう。あんな良い人に迷惑がかかるのは心苦しいです」

「そんなこと……」

「はい」

「……はい」

フェフの言葉に、二人は大人しく従う。

その様子に、罪悪感が胸を締め付ける。

この王都を領有するベルスタイン王国の東にある小国家群の中に、一つの国がある。

フェフはその国の貴種だった。

過去形だと、フェフは思っている。

もうあの国に戻れるとは思っていない。

だけど、母国の方がそう思っているのかどうかはわからない。フェフたちを逃がしてくれた人からは、素性を明かさないようにと注意を受けている。

その言葉に従うのであれば、アキオーンの申し出を受けるわけにはいかない。

でも……。

なんだか、その決断をするのが寂しいと感じるフェフがいた。

他の二人も同じ気持ちなのか、黙ったままだ。

この街まで三人でなんとか流れ着いて、疲れてなにも考えられなくなっていたところに声をかけてくれたのがアキオーンだった。

リンゴをくれて、この街での暮らし方を教えてくれた。

ウルズもスリサズもフェフほどではないが貴種の家柄だったので、庶民の、しかも孤児の生き方などわかるはずもなく、その道筋を示してくれたアキオーンの存在は本当に大きかった。

それからも度々、リンゴをくれたり、薬草を高く買ってくれたりと気にかけてくれていた。

本当に心強かった。

彼がいなくなった冬は本当に心細かった。

さらにうまくいっていた書写の仕事を受けられなくなって、食べるのに困るようになって、病気になって……これはもうここで死ぬんだと思った時にアキオーンは戻って来てくれた。

本当に、彼なしで私たちはやっていけるのだろうか？

そんな不安が形になったかのように、ドアからガリッと不穏な音が響いた。

††††

ふう。

商業ギルドで不動産担当の人に案内されて何軒かを見せてもらった。

一人か、もしかしたら同居人もいるかも～みたいに言ったら結婚予定とか思われたのか「ここなら二人暮らしでも」とか「奥様もこの台所なら～～」とかいろいろお勧めされてしまった。

ちょっと……いや、かなり切なくなった。

その中によさそうな建物が一軒あったので、キープしてもらっている。

とりあえず次はフード娘たちも連れて行こう、あ、でもまだ説得が終わってないんだよなと思いつつ安宿に戻った。

「あれ？」

隣の部屋の前に女将がいる。

旦那さんもいる。

ドアが開いていて、なにか険しい顔で話をしている。

「どうしました？」

「あ、あんたかい？」

女将は俺を見て気まずげに視線を床に向けた。

「あの子らがいなくなっちまったんだよ」

「……え？」

「それがさ、変なんだよ。ドアの鍵が壊されてるし、荷物が置いたままなんだよ」

「…………」

「面倒だねぇ」

ため息混じりの言葉とその後の愚痴を聞くことなく、俺は安宿を飛び出した。

目指すのは冒険者ギルド。

依頼札の貼られた掲示板の前に、依頼札を独占していたあの男はもういなかった。

ああいう奴《やつ》らがいるところは？

飲み屋だ。

普段は近寄らないガラの悪そうな連中が集まる店を覗いて回り、三軒目でその男を見つけた。

「やあ、あんた」

仲間とテーブルを囲んでいるその男に近づく。

「なんだぁ、おっさん」

「ちょっと話が聞きたいんだけど、いいかな？」

「よくねぇよ。失せろ」

「よくないから来てるんだよね」

俺は笑顔のまま男の髪を掴《つか》み、店の外に向かう。

「ぐあっ！」

「てめぇ！」

「放せよくそがっ！」

仲間が後ろで喚《わめ》いて拳だったり酒瓶だったりで叩《たた》いて来るけれど、全て無視して店の外に向かう。

「お客さん、店で揉《も》め事《ごと》は……」

店の用心棒らしい太った男が出入り口で立ちふさがった。

俺は腕でその男を払う。

「ぐへっ！」

百キロは余裕で超えているだろう太った男は大きく飛んで、出入り口近くのテーブルの上に落ちていった。

ドラマのようにテーブルが壊れることはなかったけど、ひっくり返って用心棒を床に落としている。

店内が、すごく静かになった。

「まだ、文句のある奴はいるか？」

足を止めて振り返ると、誰もが目をそらし、男の仲間たちも逃げていった。

俺は悲鳴を上げる男を引っ張って店の外に出る。


人の寄り付かない場所の当てはいくらでもある。

そこに男を連れて行く。

男のいた飲み屋は貧民区に接していたので、すぐ近くにそういう場所があった。

廃墟《はいきょ》に挟まれた袋小路のような場所。

「あの子たちをどこに連れて行った？」

「な、なんのことだよ？」

「お前に、冒険者ギルドで依頼の独占をさせた奴はどこにいる？」

「し、知るかよ」

「喋《しゃべ》ると殺されるのか？　だが、喋らなくても死ぬぞ」

「へ、知ってるぞ。お前冒険者だろ？　こんなことして、バレたらどうなるかわかって……」

お喋りの途中だったけれど、腕に手を伸ばして力を込めた。

グシャ。

音が、耳と手の中で響く。

「ぎゃっ！」

突然の痛みに悲鳴を上げた男は、その痛みの元を見て蒼白《そうはく》になった。

「う、腕！　腕がぁぁぁぁ」

男の腕が落ちている。

俺が、二の腕のあたりを握り潰したからだ。

「さっきまでの強気はどうした？」

男の千切れた腕を拾い、俺は笑いかける。

「ひ……ひぐ……ひ」

「そんなに泣くなよ。まるで意地悪しているみたいじゃないか。困っているのは俺なんだぞ？」

邪魔な袖を引きちぎり、千切れた腕の根元を露出させると、落ちた腕の先を合わせる。

そして【回復】を魔力多めにかけてみる。

なんとなくできると思ってはいたけど、本当に成功した。

腕が繋《つな》がった。

欠損した四肢の回復は難しいという話だったけれど、取れた部位があれば多めの魔力で繋げることができるということを、証明してしまったわけだ。

「う、腕……」

「よかったなぁ、元に戻って。……だけど」

俺はまた、力をこめた。

「次は元に戻るとは限らないし、失敗したら次はこっちになる」

と、反対の腕を示す。

「その次はこっち、そしてこっち」

アンモニア臭で濡《ぬ》れた部分を避けて、太ももを順に指で突く。

「奴らへの義理か恐怖か知らないが、それと、これからミノムシになるかもしれない自分の人生。もう一度だけ秤《はかり》にかけてみたらどうだ？」

「ひっ！」

男はすぐに、ある名前と場所を言った。

もちろん、男は生かしておくわけもない。血泥に変えて回収した。

死体がなければ犯罪はない。

この街の衛兵の仕事はそんな程度だから。


相手の集団の名前は『夜の指』。

裏稼業におけるパーティ名みたいなもの。

王都の夜を席巻《せっけん》している裏稼業組織は他にもあるから、『夜の指』はその下部組織か、独立した小集団なのだろう。

どっちだっていい。

フード娘たちの所に辿《たど》り着《つ》くまでいくらだって連中の繋がりは引っ張り続けるし、その後も厄介事になりそうなら、そうならなくなるまで潰し続けるのみだ。

おっさんはいま、キレ散らかしているのだ。

依頼札を独占していた男はやっぱり下っ端で、あれから『夜の指』の本拠に辿り着くまでにもう一人に道を尋ねないといけなかった。

そこは貧民区の中にある廃屋の一つだった。

地下が改造されているようで、そこを守るようにチンピラがたむろしている。

魔法で薙《な》ぎ払《はら》うのと、一人一人潰すの、どっちがうるさくないかな？

ああ、いや。そうか。

違う。

誰にも見られない、見られた人間は全員消すという前提であれば、もっといい方法があるじゃないか。

【夜魔デイウォーカー】を起動させ、さらに【血装】を使う。

「え？　なんだ？」

廃屋の中に入り溢《あふ》れ出《だ》した血の武器を空間いっぱいのギロチンにして、薙ぎ払う。

切れ味良好。

詰まることなく全員を両断できた。

ギロチンは即座に分解して針の付いた管のようにして死体に刺し込み、血を回収。残った血泥はマジックポーチに吸い込ませておく。

血の一欠片《かけら》も残さない。

地下へと入っていく。

狭い階段を下りきると立派な木製のドアがあり、その向こうから飲み屋のような喧騒《けんそう》が聞こえてくる。

そのドアからは、入らない。

狭い地下への階段に【ゲーム】から取り出した海岸砂を流し込む。お酒の瓶用に大量に採取しておいたから地上までの空間を埋めるのは簡単だった。

それから向かうのはもう一つの出入り口。

いざという時の脱出口。

あるいは商品を運び出す時の搬出入口。


商品。


作業でわずかに落ち着いた怒りがすぐに燃え上がる。

『夜の指』の稼ぎは幾つかある。

一つは表向きの商売。酒場の経営。

だが、その酒場の裏には違法の賭博場がある。他には恐喝や詐欺、窃盗品の仲買いなど、一軒の酒場を中心にそれらを行っている。

そしてもう一つ。

人身売買。


王都に流れてくる孤児の中から売れそうなのを見繕って売るのだという。

そのためにフード娘たちを捕まえたのだと思うと……。

隣の廃屋に隠されている入り口を開ける。

枯れ井戸のような穴に梯子《はしご》が設置されているのでそれを下る。

「あん？　誰だおま……」

降りた先にいた酔っ払いのような男の口を即座に塞ぎ、そのまま喉を締める。

ここは……牢屋《ろうや》だ。

「おじさん！」

「アキオーンさん！」

中にはフード娘たちがいた。

他にはいない。

「よかった。無事だった」

「う、うん」

「じゃあ、ちょっとそこで待っててね。掃除をしてくるから」

「え？　あ、あの……」

「大丈夫」

戸惑うフード娘たちをおいて、牢の前から外に通じているドアを全力で殴って壊した。

「なんだお前！」

「てめぇ！」

「うるさい」

もう目的は達成したんだ。

ただの掃除対象のくせに粘ったりするのは止めてほしい。

「ゴミは静かに片づけられろ」

【血装】で無数のギロチンを作り、一気に解き放った。

ついでだから血泥を【ゲーム】に移す作業をここで済ませる。全部きれいに肥料にしてやるよ。

フード娘たちには見せられない光景だからね。さっと終わらせてしまおう。

「ちょっと、待て！　なんだお前！」

「敵だよ」

ボスっぽい男もさっさと潰す。

後は金目の物やら怪しい書類やらを空になったマジックポーチに放り込み、牢の所に戻った。

牢の鍵は見つからなかったけれど、力任せに引っ張ると壊れた。

「ア、アキオーンさん」

「ごめんね。待たせたね」

「い、いいえ」

なんか、反応が戸惑った感じだ。

そうだよね。びっくりしたよね。

「とにかく、無事でよかった」

ほっとしたら、ちょっと力が抜けた。

って、あれ。

なんか、視界が滲《にじ》むなぁ。

「おじさん？」

「アキオーンさん？」

「いや、なんだろこれ？」

あれ？

もしかしてこれ、涙？

泣いてるのは……俺？

なんでやねん。

おっさんが泣いても感動はないし。

もう、こういうのは止めろよ。

「アキオーンさん、どうして……？」

「いや。気付いちゃったんだよね」

「え？」

「情けない話だけどさ。この歳《とし》まで生きて来て、誰かのためになにかしたって記憶がさ、なくてさ」

ああ、情けない。

子供相手になにを話しているんだか。

「やっと、誰かのために役に立てたんだなって」

情けない話だよね。

もっと弱くてもっとお金を持っていない人でも、誰かのために動ける人はたくさんいるだろうけれど、ここにいるアキオーンておっさんは、ここまで強くならないとそれができないんだ。

なんて惨めなおっさんなんだ。

だけどそれでも……。

「君たちの役に、立てたよね？」

「「はい!!」」

なんだかフード娘たちも泣きそうだった。

というか泣いた。

それに合わせておっさんの涙もまた溢れ出し、四人で延々とその場で泣いてしまった。

07 共同生活とか

四人でみっともなくその場で泣いて冷静になって……。

途端にやってくる「なにやってんだ俺？」という自問。苦悶《くもん》。

恥。

「お、おじさん？」

「アキオーンさん？」

「大丈夫？」

「……ちょっと、放っておいて」

頭を抱えてその場でゴロゴロと転がる。

反省モード中。

………………。

…………。

………。

……。

ふう、反省終了。

「よし、お待たせ」

「「う、うん」」

ちょっと引かれたかも？

ははは……。

一度外に出て確認してみると、すでに朝になろうとしていた。

このままここで商業ギルドが開く時間になるまで待とう。

そうなるとまずは食事だ。

こういう時は温かい物だよね。

「ここでですか？」

たぶんフェフが首を傾《かし》げた。

フードで顔を隠していても、声でなんとなく判別できるようになってきた。

「あの宿にはもう戻れないかな」

騒動起こしちゃったからね。

安宿の女将《おかみ》一家は悪い人たちではないけれど打算的だ。

騒ぎの種になるとわかったフード娘たちを、このまま置いてくれるとは思えない。

「だから、とりあえずご飯食べよう」

「「はい」」

しょんぼりとした三人の前に、【ゲーム】から購入したレジャーシートを広げた。

「ジュース、何味がいい？」

「「リンゴ！」」

三人揃《そろ》って同じ答え。

リンゴジュースを出して飲ませている間にご飯を考える。

やっぱり温かい物？

それに結構なストレスがあっただろうから、それを緩和させるとなると……。

「やっぱりこれだね」

グラタン。

ザ・炭水化物。

そして幸せ成分たっぷりのチーズ。

単純な話。腹も膨れて内側から温かくなれば、大体の不幸な気分は吹き飛ぶ。そこにチーズが加わればなお良し！

「器も熱いから気を付けて」

食べやすいように折り畳みタイプのテーブルも出して、そこに置く。

独特の形をした陶器っぽい器でいまだグツグツしているグラタンに警戒しつつも、フード娘たちは恐る恐るスプーンですくったそれを口に入れる。

「「っ!!」」

「口の中火傷《やけど》するから、気を付けなね」

フウフウしながら一生懸命に食べるフード娘に安心して、俺もグラタンを食べる。

ああ、美味《うま》い。

「食べながら聞いてね。前に話した家の件だけどさ。やっぱり一緒に暮らさない？　その方が君たちも安全だと思うんだけど」

「でも、それだとまたあなたにご迷惑がかかるかも……」

食べてていいのに、フェフが手を止めた。

それに合わせて他の二人まで止まってしまう。

「うん、これぐらいなら別に問題ないよ」

「でも、私たちだとあなたになにもお返しが……」

「そういうのは考えなくてもいいんだけど……」

でも、そうか。

俺が子供の頃にこんなことを言われても警戒したかも。

なにもわからない時なら飛びついたかもしれないけど、一人で生きられるぐらいにいろいろと身に付けた後だと、わかるのだ。

社会っていうのは、一方的な行為だけでは成り立っていないと。

なにかを得るには、なにかをしないといけないのだと。

特にこの子たちは人身売買組織に目を付けられている。

もしかしたらだけど、俺がなにかよからぬことをすると思っているのかもしれない。

「さっきもそれっぽいこと言ったと思うんだけど、俺の善意を完成させるためじゃ、だめかな？」

「善意？」

「そう。ここまで君たちを助けて、いきなりここでおしまいってしても、なんだかまた同じ危険がありそうな気がするんだ。だから、そうならないように君たちが独り立ちができるのを見届けさせてほしい」

「…………」

「あ、タダが気に入らないなら家賃を払うって形でもいいよ。奴《やつ》らもいなくなっただろうから、また日雇いの仕事もできるようになるし」

「「「…………」」」

三人はフードに隠れた額を合わせてなにかを話し合った。

そして、頷《うなず》き合《あ》う。

「あの……」

「なに？」

「まずは、私たちが彼らに狙われた理由を説明させてください」

そう言うと、三人は揃ってフードを取った。

「あ……」

思わず言葉が漏れた。

まともに手入れもできていなかっただろうに、そこから溢《あふ》れ出《だ》したのは自ら輝いているかのような黄金色の髪。空よりも濃い青色の瞳。抜けるような白い肌。

そしてなにより、豊かな髪の毛の流れを裂いて姿を見せる長い耳。

エルフだ。

真ん中にいたフェフだけじゃない。青髪青目のウルズに赤髪赤目のスリサズもエルフだ。

「彼らは私たちがエルフだと知ったから誘拐をして来たのです」

「注意していたんですけど」

「失敗しました」

魔法の明かりの下で見る三人のエルフ娘は、目がチカチカするぐらいに美人だ。

これは確かに狙われる。

「ですので、このままここにいると、またご迷惑をおかけすることに……」

「でも、行く当てはあるの？」

「「「…………」」」

その様子だとないんだね。

エルフ……この辺りだとこの王国の東の方にある小国家群の中の一つが、エルフだけの国だったような？

そのことを言うべきなのか、あるいはそこから来たと思うべきなのか。

来たのだったら、もう戻れないことになっているのかもしれない。

でも、そこまではまだ話してくれない。

秘密を話すべきかどうか、わからないからだと考えた。

「それなら、俺も秘密を教えてあげるよ。それで一緒だ」

「「「え？」」」

「まぁ、目の前のそれもそうだけど、これってスキルなんだよね」

と【ゲーム】のスキルのことを説明する。

「……と、このようなスキルなので、偉い人にばれると結構利用されそうな危ないスキルだったりするんだ」

「「「…………」」」

啞然《あぜん》としてる三人。

「これでおあいこだ」

「なんでそんなにしてくれるんですか!?」

なんだかさらにドン引かれた気がする。


その後、話し合った結果、一緒に住むことになった。

彼女たちが望むのは家賃を支払うということ。

手放しでなにもかもしてもらうのは、やはり気持ち悪いのだそうだ。

気持ち悪い。

その言葉はなぜかおっさんの魂に刺さる。

とはいえ、言いたいことはわかる。

親切にしてるとはいえ、まだ知り合ってそんなに経《た》っていないおっさんだからね。

手放しで信用しろなんて無理な話か。

しかたないので家賃の提案は受けることにする。

ただし、値段は安宿の時と同じ。

気になるなら、家事を多めにしてもらうことで納得してもらうことにした。

話し合いが終わって『夜の指』の裏口から出ると、二度と入れないようにそこら辺の瓦礫《がれき》を積み上げて穴を埋めた。

去る前にそこにあった金目の物は全てマジックポーチに放り込んでおります。

迷惑料はちゃんと頂く主義ですので。

その後、フード娘たちに冒険者ギルドの食堂で待ってもらって商業ギルドに行き、キープしてもらっていた物件を借りることにしたと告げる。

できればすぐに鍵が欲しいとお願いすると、掃除をするので夕方まで待ってほしいと言われた。

賃貸料は月３００００L也《リーンなり》。

王都だとこんなもの……なんだと思う。平屋でリビングダイニングと個室二つ。トイレ有り、風呂なし。

お風呂は贅沢品《ぜいたくひん》だからね。

大きな桶《おけ》の中に湯を張って体を洗うしかない。

ああ、そうか。

必要な時に猫足バスタブを出すとかいう方法もありか？

お湯有りで出せると便利だなぁ。今度試してみよう。

冒険者ギルドに戻り、フード娘たちと合流し、夕方には家に入れることを告げる。

「それまでどうしようか？」

疲れているだろうから早くに休ませてあげたいんだけど。

「薬草採りします」

「働きます」

「それが一番」

子供たちはまじめだった。

薬草を入れるための大袋は余っているのでそれを持って王都の外にある森に向かう。

三人が薬草採りに励んでいる間に、人気《ひとけ》のない森の奥に移動してマジックポーチの整理をしておくことにする。

特に血泥。

キモいのでさっさと【ゲーム】に移して肥料に変える。

ああ、そういえば幾つかスキルも手に入った。

ええと、使えそうなのは【投擲《とうてき》補正】に【短剣補正】と【拳闘補正】、【戦棍補正】それに【威圧】と【危険察知】かな。

【威圧】は一気に＋3になった。

やっぱり裏社会の連中はこういう……雰囲気で圧倒できてなんぼ、みたいなところがあるのかもしれない。

あ、【忍び足】も＋2になった。

使えなさそうなのは【スリ】とか【逃げ足】とか【人攫《さら》い】とかかな。場合によっては使えそうだけど、そんな場面にはできれば遭遇したくない。

戦棍……メイスに補正が入ったのはうれしいかな。

普段から持ち歩く武器としては剣とかよりメイスの方がいい。正確には軽く振り回せる棒ぐらいが理想。

剣を腰に差して歩くって、かっこいいけど俺のキャラじゃない気がするんだ。

でも、護身用の武器はすぐ出せるようにしておきたい。

伸縮タイプの警棒は……さすがにないか。

そういえば十手があった。

時代劇なんかで捕り物に使われる武器だけど……これ、【戦棍補正】が適用されないかな?

試しに持ってみる。

あ、適用されてそう。

普段使いはこれに決定。

「あれ?」

【ゲーム】を操作してて、なんとなく役所に入ってみると、職員の頭に『!』マークがある。

「新規クエストが発生しました!」

話しかけてみるとそんなことを言う。

『新システムを使いこなそう
領地経営を補助してくれるあなたへの支援システムが開発されました。使いこなしましょう』

なんてことが表示された。

「新システム？」

なんだなんだと見てみると『装備一括変更』という言葉を見つけた。

「え？　マジで？」

どうやら、ここで装備を決めておくと一括で変更ができるらしい。

設定できる装備は三種類。

半信半疑ながら職員から選べるコマンドに『一括変更設定』というものがあったので触ってみる。

いまの装備状態が表示されている。

それならこれをそのまま登録。

それで、二種類目にゴーストナイト装備を登録。

三種類目は……とりあえずはいいかな。

よし、とりあえずこれで設定完了。

《スキル：【装備一括変更】を取得しました！》

《クエスト達成ボーナス！　スキル：【制御】を取得しました！》

いきなりそんな言葉が頭に響く。

【装備一括変更】の方はともかく、【制御】とは？

【鑑定】を使ってみる。

『制御：高すぎる能力は普段の生活では不要ですよね？　生活の阻害にならないように能力値を設定することができます』


おお。

それは確かに便利。

実を言うとちょいちょい食器を壊してたからね。

あのやらかしがなくなるのはうれしい。

とりあえず一度【装備一括変更】を試してみる。

ゴーストナイト一式に変更。

「おお」

ちゃんと変更されてる。

さらに戻す。

うん、できてる。

変身ヒーロー並みにすごい。

これは良い物を手に入れた。

「よし、そろそろ戻るか」

薬草を集めつつ戻るとしよう。

身体能力が上がったせいか、慣れた薬草採取の速度がさらに上がった気がする。すでに【制御】を使っているのにそれでも以前より早い。

合流する頃には袋の半分が埋まった。

「お待たせ、お昼にするかい？」

「「「はい！」」」

三人のうれしそうな声を聞いて、サンドイッチセットを出した。


それから夕方近くまで薬草採取をした。

フード娘たちは久しぶりの外が楽しいのか薬草採取の手が止まらず、それ用の大袋が十個もいっぱいになるぐらいに採りまくった。

もちろん全部、俺が買い取る。

最初は遠慮気味だったけど、家賃を払ってもらう関係である以上、こういう所での金銭管理はきっちりとしておくべきだ。

とはいえ、こんな野外でお金を渡すわけにもいかない。家で渡すことにして、とりあえず王都に戻ることにする。

「おっさん！」

途中で知らない子供たちに呼び止められた。

「おっさんが薬草買ってくれるって本当か？」

「ああ、この袋いっぱいで1100L。冒険者ギルドで売るより、ちょっとお得」

「買ってくれよ」

「はいはい」

口が悪いなぁとは思うが、この歳《とし》で冒険者している子なんて、ずうずうしくないとやってられない。

とはいえ甘い顔ばかりもしない。

集まって来た子供は五人。空いている袋をマジックポーチから出すんだけど、その前に全部に【鑑定】をかける。

「君と君のは買えない。そっちの三人のは買うよ」

「なんでだよ！」

「雑草が混ざりすぎ。ギルドに持って行ったらいくらかもらえるだろうけど、俺はいらない」

前に買っていた子供たちも、雑草が混じっていて実際には少ないってことがちょいちょいあったけど、この二人のはそれよりもひどい。

わざとじゃなければ見る目がなさすぎる。

全員にいい顔して同じ値段を払っていたら、その内、ちゃんと薬草だけを集めて来たこっちの三人まで手抜きの雑草混じりを持ってくるようになるかもしれないし、俺以外にそんなことをして痛い目に遭うなんてことにもなるかもしれない。

だから厳しくもしておかないと。

これからもこういう子供たちが増えるかもだしね。

美味《おい》しい話は提供しても、カモにはならないよ。

「ちっ！」

感じ悪く二人は薬草の入った袋をもぎ取って去っていく。他の三人には約束通りのお金を払う。

「嫌な態度です」

去っていく子供たちを見ながらフェフがそんなことを言う。

「まぁね」

「あんな子たちを相手にする必要なんて、ないんじゃないですか？」

「そうです」

「薬草なら、私たちでも集められるです！」

「まぁまぁ、そこまで言うことじゃないよ」

「でも……」

「あの子たちがただ薬草採りが下手《へた》なだけか、それともズルをしたかったのか知らないけど、みんな、生きるのに必死なんだよ」

そんなもんだとフェフたちに言い、あの子たちの境遇を簡単に教える。

俺みたいに口減らしで王都に来た子、家にいられない子、家の手伝いをしている子、家がない子……いろいろいるけれど、あの年でちゃんと働かないといけない事情がある子たちだ。

「一から十までたすけるなんてのはできないけどさ、俺の時よりちょっと楽になったぐらいの手助けはできる。そう考えると、俺ってちょっといいことしてる！　って思えるでしょ？」

手放しで善行なんてできない。

それはもう、俺という人間の性質として無理だ。

だから、俺もあの子たちもちょっとだけ得になるような関係にする。

関係がちゃんとできれば、今度はズルする方が無駄手間だって思えるようになる。

そういう関係が得を生むんだと思えるようになれば、今度は別のなにかに繋《つな》がるかもしれない。

そんなところまで考えるようになれれば、あるいは……。

「なんて、きれいに考えすぎか」

「いいえ！　いいと思います！」

「素敵です！」

「うん！」

三人にキラキラした目で見られて、ちょっと照れてしまった。


結局、門に入るまでにさらにもう一度、子供たちが薬草を売りに来た。

門を抜けて商業ギルドに入ると、清掃が終わったということで職員さんが鍵を渡してくれたので家に向かう。

「でも、家具はなにもないですよ？」

職員さんに心配されたが問題なし。

家具ならもう【ゲーム】の中で作ってある。

家に到着すると、それらの家具を購入して取り出し、配置していく。

力は余ってるから運ぶのはまったく苦じゃないね！

「はいできた！」

すっからかんだった家の中があっという間に家具で埋まり、俺は大満足。

フード娘たちはポカーンとしている。

「とりあえず受け入れよう！」

「「あ、はい」」

ポカーンとしたままだけど返事はした。

「さあさあ、自分たちの部屋を確認してきな。足りない物があれば言いなね」

「えっと……いえ、これ以上甘えるわけには」

「まぁまぁまぁ」

テンション高く押し切って彼女たちを部屋に導く。

やがて、興奮した様子のワアキャアという声が聞こえて来て、俺は満足して台所兼居間に戻った。

暖を取るのも兼ねて竈《かまど》に火を入れる。

今後は薪《まき》を買わないとなぁ。宿暮らしと違うことは、家の維持や燃料代のことも考えないといけなくなることだよなぁなんて思いつつ、竈にのっけたヤカンから湯気が出始めるのを眺めていると
……ノックの音がした。

「誰？」

引っ越したばかりなので、訪ねてくる人なんて思いつかない。

商業ギルドの人がなにか忘れてたのかな？

それぐらいしか思いつかないなと零《こぼ》しつつ、ドアを開けてみると。

「久しぶりじゃな」

場に似合わない豪華な女性がいた。

「ファウマーリ……様？」

「うむ、王都に戻って来ておるのに挨拶せんとは愛想なしじゃのう。お主は」

「あ、はぁ、すいません」

「引っ越しをしたと聞いたのでな。引っ越し祝いを持って来てやった。ほれ、百年寝かせたワインじゃぞ」

「あ、それは、どうも」

「……入れろ」

「は、はい」

しどろもどろに追い返す作戦失敗。

しかたなく道を空けると、ファウマーリ様の後ろにもう一人いることに気付いた。

ぜんぜん気付かなかった。

ダンジョンで戦った経験から、気配には敏感になっていたつもりだったんだけど。

そこにいたのは、背が小さくてかなり太めな男性だった。

この世界だとかなり珍しい眼鏡《めがね》をしている。

挑戦的なニヤリ笑みがとても似合っている。

そして、黒い髪。

「初めましてだな。アキオーン君」

「あ、はい。どうも」

君付けされたけど、この人の方が見た目は若そうだ。三十代ぐらいか？

「藍染亮《あいぞめりょう》だ。久しぶりの白米は泣くほど美味かったぞ！」

「へ？」

リョウ？

白米？

それってもしかして……。

「祖王リョウ？」

「うむ。妾《わらわ》の父様だ」

「生きてらっしゃる？」

「人間の生きるとは定義が違うがな」

「うわぁ……」

なんだかすごいことになったぁ。


「情けないのう」

ファウマーリ様のため息が痛い。

原因はフード娘たち。

来客の物音を聞きつけて顔を覗《のぞ》かせた彼女たちにファウマーリ様が名乗ると、すぐに膝を突いて頭を下げたのだ。

「他国の娘さえも妾の名を知っておるというのに、自国のいい歳をした男が知らなかったとは。嘆かわしい。まったく嘆かわしい」

「ははは……ドウモスミマセン」

早く帰ってくれないかな、この人たち。

「って、あれ？　他国？」

どうして他国だってわかるんだ？

この子たちはフードで顔を隠しているのに。

「そんなもので隠したところで、妾たちにはその耳の長さをごまかせんよ。祖王陛下の前であるぞ、そのフードを取れ」

「「「え!?」」」

ファウマーリ様の言葉でフード娘たちが驚いて隣に座っている男を見る。

「ぐっふっふっふっふ……」

「「「!!」」」

自信満々なニヤリ笑みのまま腹を揺らすように笑うものだから、三人は肩を寄せ合って震え始めた。

「だ、大丈夫だよ。なにかあっても絶対に守るからね」

「こりゃ、アキオーン。恐ろしいことを言うな。父様も子供をからかって遊ばないでもらいたい」

「わははは！　すまんすまん！　ルフヘムの娘よ。お前らをどうこうする気はないから心配するな」

「まったく……今日はそのことで来たのだ。アキオーン」

「へ？」

「『夜の指』の件で衛兵がお前を調べようとしていたが止《や》めさせた」

と、ファウマーリ様が言う。

ば、ばれていらっしゃる。

あれ、これはもしかして……まずい？

「そろそろゴミ掃除が必要だと感じていたからな。ちょうどよい」

「あ、そうですか？　ええと、つまり？」

「お咎《とが》めなしじゃ」

「それはよかったです」

「だがな。それで終わりとはいかんのだ」

祖王が言った。

同時に。


グウウウウウ…………。


彼の大きな腹が大きな音を立てた。

「だがその前に、飯を所望する」

祖王に真顔でそう言われた。

「天丼はあるのか？」

「いや……ある……ありますけど」

「よっしゃ！」

さらに注文までされたので晩御飯はそれにすることにした。

【ゲーム】を起動させて人数分の天丼を用意する。

椅子が足りないので新しいのを出そうかと思っていると、フード娘たちは自分の部屋で食べるという。

なにか重い話にもなりそうだし、それでいいかと彼女たちを部屋に移動させ、そこに三人分の天丼を置いていく。

書き物仕事用の机を置いてあるのであそこで食べられる。

戻ってきて、祖王とファウマーリ様の前にも天丼を置き、自分の分も出す。

「うおおおお！」

吠《ほ》えた。

祖王が吠えた。

「父様、しばらく豊雨はいりませんよ」

「わ、わかっとる」

ファウマーリ様に突っ込まれ、祖王は平静を装いつつ箸を取り、丼を抱え、しばし迷った後にレンコンの天ぷらを選んで口に運んだ。

「……美味い」

噛《か》みしめるように涙を流す。

気持ちはわかる。

わかるけれど、おっさんが泣いていると……やっぱりドン引きだなぁ。

でも天丼は美味い。

これは間違いない。

天丼のタレが染みたご飯ってなんでこんなに美味いんだろうね。

黙々と天丼を掻《か》っ込《こ》むことしばし。

「さて、そろそろ話をしても良いか？」

気が付けば、ファウマーリ様が誰よりも早く食べ終えている。彼女はお茶を一口飲んで言った。

リッチも食事がいるんだ。

いや、それを言うと祖王もそうなんだけど。

……この人ってアンデッドなのか？

なんだかぼやかした言い方をしていたんだけれど。

「最初に良い話をしておこうか」

ファウマーリ様が続ける。

「あのエルフの娘どもについて、国としては手出しせんことを誓おう。貴族がなにかして来た時はこちらに言え、うまくしてやる」

「あ、それはどうもありがとうございます」

ありがたいけど、どうしていきなりそんな話に？

「小国家群の事情などどうでもよい」

そしてなぜに東の小国家群の話題に？

たしかにフェフたちはエルフだから、小国家群から来たんだろうけれど。

そう思って首を傾げていると、ファウマーリ様に長い長いため息を吐《つ》かれてしまった。

「な、なんです？」

「妾が喋《しゃべ》るのは無粋じゃ。自分で察せぬなら娘たちが喋るのを待て」

「はぁ」

「で、じゃ。問題なのはそなたが潰した『夜の指』の上位組織じゃ」

「ああ、やっぱりそういうのがあるんですか？」

「もちろんある。『獄鎖』という組織じゃ。麻薬売買、違法賭博、盗品取引、違法娼館《しょうかん》に奴隷売買となんでもありじゃ」

「奴隷売買？」

その言葉がひっかかった。

その前の違法娼館も。

「そうだな。あのエルフたちが目を付けられたのはそこじゃろう。あいにくと、『獄鎖』の連中は国の睨《にら》みに対抗するだけの力を手に入れてしまっている」

「そんなのを放っておいていいんですか？」

「たしかに、そろそろ潰し時じゃろうな」

「潰し時って」

「人の心から悪が消せんように、それをまとめる組織も消しようもない。ならばある程度まとめておいた方が混乱も少ない。監視しやすいし、力を付けたところで頭を叩《たた》いてしまえばよいからな。とはいえ、激しい戦いとなれば衛兵たちとてただでは済まん」

「ファウマーリ様たちは？」

「妾たちは長く生きすぎておる。国防に関わる問題でもない限り直接の手出しなどするべきではないよ」

「そんなものですか？」

「考えてもみよ。子孫たちがお前を当てにしてなにもしなくなる未来を」

「……そもそも、俺、結婚もしていないんで、子孫とか言われても」

「ぶほっ！」

いままで沈黙を保っていた祖王が茶を吹き出した。

賃貸の中古物件とはいえ新居でいきなりそれはやめてほしい。

「ゲホゲホ」

ファウマーリ様がお茶でむせる祖王の背中をさすっている。

「アキオーンよ……ゲホ」

「はい」

「お前さんに足りないのは自信だな」

「はぁ」

「考えてもみろ。お前はいまでも世間的には銀等級の冒険者だぞ。それに、自覚はしているだろう？　そこらにいる程度の連中に負ける気なんかないだろ？」

「まぁ……そうですねぇ」

「驕《おご》りたかぶられるのも迷惑だが、そこまで自信がないのもなんだかもにょるな。『夜の指』を壊滅させせた時のメンタルを思い出せ。その時の感覚で女の一人でも口説いてみろ」

「そんなこと言われても……」

彼女いない歴が前の人生＋こちらの年齢なのだ。

一生涯彼女なし独身で寿命を迎えましたとなってもおかしくないぐらいに、一人で生きていることになる。

いまさら他人にあけすけな内面を晒《さら》すのは、なんだか気恥ずかしい。

「まぁ、気持ちはわかるがな。俺だってこの見た目だ。あっちでもモテなかったしな」

「あっち……」

「もうわかってるだろ？　俺もお前と同じ、あっち側からの来訪者だ。俺は転移だが、お前は転生か？」

「ああまぁ、そうみたいです」

いまの記憶が戻った時の状況から、異世界憑依《ひょうい》か異世界転生のどちらなのだろうかと悩んだ時もあったけれど、転生の方だろうと結論付けることにした。

そうでないと、前世の記憶が戻る前に【ゲーム】のスキルを持っていた理由がわからない。

どう考えても俺のスキルは、この世界の一般常識では使いこなすなんて夢のまた夢みたいな存在だからね。

まぁ、どっちだっていいと言えばそうでもあるんだけど。

祖王の話は続く。

「なんの因果か企《たくら》みか、俺たちはこっちにいて、なんらかのチートを持っている。まっ、だからっていきなり好きにしろとか言われても困るよな。だけど……あっちのままの自分でいるのもしんでぇだろ？　どうせ常識もなにもかもが違う場所にいるんだ。もうちょっと自分の欲を解放してみたらどうだ？」

欲の解放……かぁ。

「まっ、そんなに深く考える必要はないさ。むしろ、考えすぎるな。人生を楽しめ」

「楽しめと言われても……」

「例えば、囲い込んだエルフ娘たちに手を出すとか？」

「……なに言ってるんです？」

ほんとになにを言ってるんだ？

「まだ子供じゃないですか。それはさすがに……」

「ああん？　ああ、知らないのか。そうか、ルフヘムの白エルフどもはそうそう自領から出てこないしな」

「なにを？」

「あいつら、もう成人だぞ」

「……え？」

「エルフが成人かどうかを確かめる方法はな、耳の先を確認することだ。子供は耳の先がほんのり赤い。もうちょっとぐらい成長するかもしれないが、そりゃ高校生で身長が伸びるかどうか程度の誤差だな」

「は？　え？」

「で、だ。さらに言えばな、あそこの連中は食事が菜食偏重なこともあってな、あんまり体が成長しないんだよ。肉なんて、食べてもたまに兎《うさぎ》ぐらいじゃないか？　ご馳走《ちそう》で鹿とか」

「……………」

「うちの国が当たり前にパンと肉を食えるようになってるのは、俺が牧畜の普及とかすごいがんばったからだからな。国内の魔物をどんだけ殺しまくったか」

「あの頃の父様はいつも国中を飛び回っておりましたな」

ファウマーリ様がうんうん頷いている。

「国民のガタイの良さはそのまま生産力と戦力と他国への威圧力に繋がるからな」

ミートサンドが格安食品という謎には祖王の努力という真実が存在した？

いや、そんなことより。

あの子たちが大人？

ええ……嘘《うそ》ぉ。

いや待て。

祖王は高校生で身長が伸びる程度とか言っていた。

つまり、まだ高校生ぐらいってことだ。

それならアウトだアウト。

「……言っておくが、こっちの世界じゃ普通だろう？　あのなぁ、貴族なら余裕で結婚適齢期だ」

「俺の心を読まないでくれます？」

「ま、見た目が好みじゃないっていうなら他に声をかければいいだろ」

「うっ……」

「同じ冒険者ならどうだ？　奴らは実力偏重だから、お前がもっと見えるところで活躍すればモテるだろ？」

「ええ……そうですかぁ？」

西の街で会ったミーシャとシスのことを思い出すと、そうとも言えない気がするんだけど。

そのことを話すと祖王がまた笑った。

「そりゃ、出会いなんて全部が全部ベストマッチになんてなるわけないんだから、失敗ありありで考えないとなぁ」

「だから、それがもう……」

「それなら、貴族でいいのを紹介してやろうか」

「え？」

「その代わり、お前にはこの国に忠誠を誓ってもらうぞ」

「う……」

「ははは、嫌か。嫌だよなぁ……そうだよなぁ。俺だって最初に惚《ほ》れたのが妻じゃなかったら、国なんて作ろうとは思わなかったしなぁ」

「なにか長い話がありそうで」

このまま俺の話が続くぐらいなら祖王の思い出話に移行するぐらいなんでもない。

「お？　聞くか？　聞いてくれるか？」

「はい」

と、ファウマーリ様が持って来てくれた百年物のワインを開けて、祖王の思い出話を聞くことにした。


夜明け前に二人は帰っていった。

さっそく汚れたキッチンの掃除をしてやれやれと雨戸を開けていく。

新しいベッドを試すのは今夜までお預けか。

「あ、そうだ」

エルフ娘たちのところにも天井の容器があるから回収しないと。

と、思ったけど、すぐに足が止まる。

子供だと思っていたけれど、もう成人なのか。

成人女性の部屋に許可もなく入るのはまずいな。

ま、起きてからでもいいか。

長話の途中で出したティーセットで改めてお湯を沸かしてお茶を淹《い》れる。

【ゲーム】を利用しまくるのもいいけど、簡単な食事ぐらいは作れる程度に物は揃えておかないとなぁ。不意の来客なんかをもてなす時になにも用意がないと怪しまれることになる。

沸いたお湯でお茶を淹れて一息ついていると、ドアの開く音がした。

エルフ娘の一人が起きて来た。

フェフだ。

「あ、おはよう」

「おはよう……ございます」

フードを外した彼女は気まずそうな顔で台所にやって来た。

「顔洗うかい？　いまならお湯もあるよ」

「あ、はい」

フェフが顔を洗っている間に新しいお湯を沸かす。

そうこうしている内に他の二人も起きてきたので、お茶を三人分用意し、朝食も考える。

といっても【ゲーム】から取り出すだけだけど……。

「そういえば、ご飯ってお肉より野菜の方がいいのかな？」

祖王が言っていたことを思い出してしまった。

一番安いからしかたないとはいえ、初めて会った時にミートサンドを食べさせてしまった。

昨日も天丼だったし。天ぷらの半分ぐらいは野菜だからいいかもだけど。

他にもなにか肉食を強要したことってあったかな？

「「いいえ、お肉でもぜんぜん大丈夫です」」

返事は揃って同じだった。

どうも、この街に来てから肉食に目覚めてしまったらしい。

とはいえ朝からガッツリ肉というのはなんだかなぁと悩んだ結果、ＢＬＴサンドにする。

大皿でドーン。

「昨日はごめんね」

食事をしながら昨日のことを謝る。

まさかファウマーリ様や祖王がやって来るとは思わなかった。

身になる話はできたとは思うけれど、自分の素性を隠しておきたい三人からしたら、たまったものではなかっただろう。

「ふぃえ、らいじょうぶふぇふ」

ＢＬＴサンドで口の中をいっぱいにしたままフェフが言う。

そんな様子はまさしく子供。

これで成人とか言われてもと内心で首を傾げてしまう。

「あの様子だと、お二方は私たちのことを目零ししていただけるようですので、むしろそのことがわかってほっとしています」

「うん。そうみたいなんだけどさ」

国としてはフェフたちのことに関わるつもりはないと言ってくれた。

だけど、他で彼女たちを狙う存在がいる。

そのことは言っておかないといけない。

「そうなのですか」

ＢＬＴサンドを食べ終わり、ウルズとスリサズが淹れてくれたお茶を飲みながら『獄鎖』という組織のことを語るとフェフは沈んだ顔をした。

「でも大丈夫。ファウマーリ様は俺がその組織と戦うことになっても、なにかの罪に問うようなことはしないって保証してくれたから」

昨夜は話がいろいろと横道にそれたけれど、最後にはそう言ってくれた。

むしろ、安上がりになるからやってくれと言わんばかりだった。

依頼じゃないので報酬はないけれど、違法な物以外は好きにしていいとも言われている。

とはいえ……。

「君らを攫《さら》った連中の上位組織とはいえ、まだなにかをされたわけではないからね。藪《やぶ》をつついて蛇を出すになっても困るし」

「藪？　蛇？」

ああ、こっちにこの諺《ことわざ》なかったっけ？

竜の巣をつつくとか、ゴブリンに見られるとかか。

「余計なことをして問題を大きくするっていう意味の諺」

「「ああ」」

納得してくれたようだ。

「とはいえ、そんな状態だからね。どうしたものかって思って。あ、迷惑とかそういう話がしたいんじゃないいんだよ」

「あの……」

「うん」

「アキオーンさんが私たちをたすけてくれるのはもう信じてます」

「そうなの？　ありがとう」

「だから、私たちも秘密を持ったままなのは却《かえ》ってアキオーンさんを混乱させると思うので、全て話したいのですけど」

「うん、いいよ」

そうか。

まだ秘密があったのか。

ファウマーリ様がなにか含んだ言い方をしていたのはこのことだったのか。

「どうぞ」

「実は私はルフヘムという国の王族なのです」

「王族……」

「はい」

「それがなんで？」

「政争です。異母兄が王位を狙って同じ母の兄弟を殺したのです」

思ったより大きな話で、咄嗟《とっさ》になにも言えなかった。

わからないけど、なにかを言わなくては。

「……わかった。そいつらを倒しに行けばいいんだね」

自分でもなに言ってんだと思ったけど、聞いた三人もぽかんとして、それから慌てた。

「いやいやいや！　そういうことじゃないです！」

「あ、そう……そうだよね！　あははははは！」

なに言ってんだろうね。

調子に乗りすぎだよ。

うん。

「ほんとにもう……アキオーンさんは。ありがとうございます」

そう言ったフェフは泣き笑いみたいな顔をしていたし、両隣のウルズとスリサズもなんだか泣きそうな顔をしている。

「私たちを見つけてくれた人が、アキオーンさんで良かったです」

そう言われて、俺は本当にうれしかったし、絶対に彼女たちを守ろうと改めて心に決めた。


フェフは小国家群にあるエルフの国ルフヘムの姫で、ウルズとスリサズはそのお付きだということだ。

お姫様のお付きなのだから、二人の家もそれなりに高い地位に違いないと思って聞いてみると、やはりその通りだった。

「とはいえ、いまは他国に逃げ込んでいるのですから、あまり気にしないでください」

「うん。……とはいえもしかして、そっちの方での刺客が来たりもするんじゃないの？」

「「……………」」

俺の質問に三人とも黙ってしまった。

事情がわかればそういう想像だってできる。

フードで耳を隠していたり、外に出るのを最低限にしていたりするのは、人間ばかりの街でエルフがいることの身の危険を避けるためかと思っていたけど、逃げ出した王族とそのお供となれば、別の危険も見え隠れしてくる。

「そっかぁ」

「すいません」

「あ、別に嫌になって投げ出すとか、そういう話じゃないからね」

慌てて取り繕い、ちょっと考えたことを言葉にしてみる。

「俺もできることはするけど、三人も自衛手段を手に入れておいた方がいいかなって考えていて……」

そこで、思いついてしまった。

いいのか？

まぁ、いいよね。

俺は【ゲーム】から黄金サクランボを三つ出して、三人の前に置いた。

「これは？」

「ファウマーリ様に以前にもらったんだけど…………そうそう、『神の無作為の愛』って名前だ」

「「「っ!?」」」

名前を告げると三人の顔がこわばった。

「こ、こんな貴重なもの」

「え？　三つも？　……え？」

「ちょっと、なに言ってるのかわかんない」

三人ともが狼狽《ろうばい》している。

「知ってる？　食べたら運が良ければスキルが、悪くてもなんらかの能力が上がるから損はないと思うよ？」

「いや、損とか、そういうことではなくて……」

「え？　他人にあげるの？　どうして？」

「わかんない。もうわかんない」

「まぁまぁ、ちょっとうるさいけど、よければ食べてみて」

すごく混乱してる三人にぐいぐいと押し付けて、こわごわとそれを口にするのを見届ける。

「「あ、美味しい」」

三人は同時にそう言うと、そのままその場で倒れた。

「ええ!?」

さすがにそんなことが起こるとは思わなかったので、慌てて助け起こし、魔法の【回復】を使ってからベッドに運んだ。

一時間ほどで三人とも目を覚ました。

結果としては、なんと三人ともがスキルを手に入れた。

フェフが【風精シルヴィス】。

ウルズが【魔導の才知】。

スリサズが【影の住人】。


三人ともがなんか独特な名前のスキルばかりだ。

これはこれで、すごい確率なんじゃなかろうか？

もう一回挑戦する？　と新しく黄金サクランボを三つ出すと、彼女たちは全力で拒否した。

食べてから起きるまでの間、頭痛がすごかったらしい。

俺の聞いているドラムロールなんかは聞いていないって言う。

なんか、違うなぁ。

げっそりした表情の三人にこれ以上勧める気にもならず、その日は家で休んでもらうことにした。

それから一週間ほど平和に過ごした。

必要なものを買い足したり、みんなで薬草採りに森へ行き、ついでに奥で新たなスキルを試してみたりした。


その日は商業ギルドでリンゴとリンゴ酒を売り、冒険者ギルドでポーションを売った。

余った時間で三人娘のための在宅依頼を眺めている時に声をかけられた。

「よう、あんた。銀なんだろ？」

振り返ると、あまり見たことのない男たちが側《そば》にいた。

銀、というのは銀等級の冒険者ということだ。

「ああまぁねぇ」

「よかったら俺らの仲間にならねぇか？」

勧誘？

その割にはにやにや笑いを止めない。

「いやぁ、やめとくよ。一人働きが性に合ってるんだ」

「ああ、言い方が悪かったなぁ」

男たちは去ろうとした俺の周りを囲む。

「ならないか、じゃなくて、なれ、だったわ」

「はぁ……」

「金儲《かねもう》けが得意なだけのくせに銀とかふざけてんだろ？　大人しく財布になっとけや、おっさん」

「はぁ……」

「てめぇ」

どうしたもんかなと考えていたら生返事になってしまい、それで相手を怒らせたようだ。

とはいえ、いきなり絡んできた相手の機嫌を気にしていてもしかたがない。

「おら来い。受付でパーティ登録すっぞ」

「いや、お断りします」

「あん？」

「お断り」

「てめぇ」

「格の違いを教えてやるぜ」

「来い」

そう言ってそのまま俺の腕をつかんで外に連れていこうとする。

助けてくれる人はいません。

冒険者間のトラブルは基本的に独力解決だ。

頼れるのは自分の腕か、あるいはパーティ。

なにかやり返すにしても、こっちにしても人目がない方がいいからこれでいいかと、されるがままになっていると、ギルドを出たところで馬車の中に放り込まれた。

「え?」

装飾の立派な箱馬車だ。

中は席が向かい合わせになっていて、詰めれば大人が六人ぐらい乗れそうな広さがある。

俺は左右をさっきまでとは別の男たちに固められた。

脇腹に痛み。

両方からナイフの先が向けられていて、なにかあればすぐに刺すと物言わぬままに主張している。

前には一人だけが座っている。

スーツ姿の男だ。

「あなたがアキオーンさんで?」

「ええ」

「我々の商売になにか文句があるようで」

「……いえ、ありませんが？」

「いえいえ、そんなことはないでしょう？　先日のご活躍は聞き及んでおりますよ」

「…………」

目の前の男はにこにことした笑顔のままだ。

脇腹に食い込むナイフの痛みが少し強まる。

「……なんの御用で？」

「ボスがお会いになりたいそうです」

「そうですか。お断りしても？」

「ボスが、話が、あるのです」

「こちらはありませんけど」

「そういうわけにはいきません。それに……」

にこにこ顔が皺《しわ》を深めた。

「もう、あなたのご家族を招待させてもらっていますよ」

「……そうですか」

カチリと、自分の中でスイッチが入ったのがわかった。

馬車は進んでいく。

しばらく進み、馬車は止まる。

外からのノックで出ていくと、待ち構えていた御者がぎょっとした顔をした。

「あ？　あんた一人か？」

中を覗き込んでからもう一度俺を見て、そんな当たり前の質問をする。

「この中に入ればいいのかい？」

目の前には立派な屋敷がある。

だがこちらは裏側のようだ。

建物の大きさに似合わない普通のドアがそこにある。

「あ、ああ……そうなんじゃねぇのか？　知らねぇよ。それより……」

「いないのなら、俺一人だったんじゃないのかい？」

そう答えると、もう御者はなにも言わなかった。

御者は戸惑ってなにもできなかったけれど、ドアの前にいた男は違った。

「誰だ、お前は？」

「ボスに呼ばれたんです」

「なんだと？」

「通してもらえます？」

「待て、確かめる」

「その必要はない」

「なに？」

「押し通るから」

男が反応するよりも早く、【装備一括変更】でゴーストナイト装備一式を身に纏《まと》うと幽毒の大剣で真っ二つに切り裂く。

もちろん、【血装】で強化済みだ。

「ひ、ひえええええ！」

瞬く間に血泥と化す男の様相に御者が悲鳴を上げる。

そういえば、この御者は俺の顔を見てしまっている。

「なら、しかたないか」

悪者に顔を覚えられるって、ぞっとしないからね。

「お、おたすけ」

全て言い切る前に【血装】の針を投げて額を貫いた。

即座に血泥となる御者を見て、思う。

「今回は掃除が面倒だな」

なにか手段はないものか。


〝く、くく……〟

「うん？」

なんか、頭の中に声が響いた。

ドラゴンロードに話しかけられた時の感覚に似ている。

〝いやいや、たいしたもんだな。相棒〟

相棒って言葉ですぐにピンときた。

「もしかして、【夜魔デイウォーカー】の？」

〝ああ、そうだ。お前に、良い手段を伝授してやろうと思ってな〟

「あんた、一体、なんなんだ？」

〝そいつはまたいつかな。ほら、いま必要なのはこいつだろ？〟

その声が聞こえた瞬間、頭の中にそれが浮かんだ。

〝じゃあな。がんばれよ〟

「あ、おい」

呼びかけても、もう返事はなかった。

「まぁ、いいか」

いまは使えるものを使うだけだ。

教えてもらったのは【眷族召喚《けんぞく》】で呼ぶことができる新たな眷族。


ブラッドサーバント。


呼び出すと、地面に溜《た》まっていた血泥が起き上がり、人型を形作る。

これが新しい眷族。

あまり強くはないが、吸血後の血泥を利用することを条件にいくらでも増やすことができるという利点がある。

それに……強くする手段も思いついたのでその処置も行う。

【血装】を装備させてみたんだけどね。うまくいった。

「屋敷の中にいる敵意あるものを襲え」

俺が命じると、ブラッドサーバントは屋敷の中へ入っていった。

同時にクレセントウルフも呼び出し、フェフたちを探すように命じる。

ドアの側でしばらく待っているだけで、悲鳴がそこら中から聞こえてきた。

その場でじっと耳を澄ます。

【制御】で抑えていた能力も解放しているので、感覚もいつもよりも鋭い。

「え？　なんなのこれ？」

小さく、その声が聞こえた。

スリサズだ。

近かったのでダッシュでその場に向かう。

「あ、なんだお前!?」

「お前か！　これは!?」

そんなことを言ってくる連中は撫で斬りに片付けていき、聞こえてきた場所に辿《たど》り着《つ》く。

長い廊下の途中だ。

近くに壺《つぼ》が飾られているだけで、他にはなにもない。

「スリサズ、いるのかい？」

「え？　え？」

誰もいなかった場所からいきなり声が響く。

壺から伸びている影からスリサズが顔を出した。

「アキオーンさん、ですか？」

「そうだよ」

兜《かぶと》を脱いでみせると、スリサズが安心した表情を見せた。

黄金サクランボで手に入れたスキル【影の住人】で彼女は影から影に移動することができるようになった。

それを使って偵察をしていたようだ。

「よかった。無事だった」

「ごめんなさい。家にいきなり押しかけられて……」

「君たちは悪くないよ。それより、他の二人は？」

「はい。大丈夫です。地下にいます」

「地下は安全？」

「頑丈な牢獄《ろうごく》ですし、逆に立てこもることもできます」

「よかった。それなら応援を送るからしばらくそこでがんばってくれって伝えておいて」

「……アキオーンさん？」

「後顧の憂いっていうのは、少しでもない方がいいよね」

ニッコリ笑顔をしてから兜を被り直す。

スリサズが影の中にいなくなってから、思念で眷族たちに命令を飛ばす。クレセントウルフは地下の牢獄に向かってフェフたちを守護。

ブラッドサーバントは地下以外の場所にいる者を皆殺し。

誰一人として、生かしては帰さない。

††獄鎖ボス・ザムベス††

王都の一角にあるその屋敷はザムベスの屋敷であり、『獄鎖』という組織の拠点でもある。

最近、ちょっとした問題が起きた。

下部組織の『夜の指』が壊滅したのだ。

構成員はほぼ全滅。

その夜に彼らの拠点にいた者たちは姿を消した。

そんな中で唯一の証言が、その夜、酒場から構成員の一人を連れ去っていった一人の男の目撃談だった。

その男を探し出すのは少しばかり手間取ったが、見つけ出せた。

調べてみれば奇妙な男だった。

ただの冒険者だが、二十年以上日雇いの鉄等級冒険者だったというのに、いきなり銀等級にまで上がっている。

なにかの間違いではないかと思わないでもないが、冒険者ギルドの失敗などには興味がない。

あるのは、その男が『夜の指』の壊滅に関係しているかどうかだ。

周辺を調べてみると『夜の指』が狙っていた子供をその男が保護しているという。

ますます臭い。

とりあえず、確保してみるだけの価値はある。

ついでに、その子供も捕まえておこう。

そう考えたのが、この男の運命の分かれ道だった。

男の確保を命じる一方でザムベスは大きなイベントを控えており、その準備にも忙しかった。

『獄鎖』の商売の一つ。奴隷売買でのイベント。

奴隷競売だ。

今回はいい目玉商品を手に入れることができた。

金持ちの上客たちには声をかけている。

この国……ベルスタイン王国はとても豊かだ。

現人神《あらひとがみ》とすら称《たた》えられた祖王リョウの国は農業と牧畜に優れて、食の不安が少ない。食料事情に後押しされた結果その他の産業も盛んで、国内で領地を持つ貴族間での交易も盛んだ。

ゆえに金持ちも多い。

人というのは数が増えれば増えるほど、その中に混ざる悪人も増えていく。

貴族や金持ちも例外ではない。

この国では奴隷の個人所有は禁じられている。

だが、禁じられれば、それを手に入れたくなる者というのは一定数存在する。

禁じられたという事実が価値を付与するのだ。

ザムベスはその価値を利用して、商売する。

すでに今夜の客も入り始めている。

今夜はザムベスにとってとても重要な日となる。

冒険者のことなど、ついででしかない。

そのつもりだった。

攫わせた娘たちのことも、まだ確認していない。

全ては奴隷競売が終わってから……そう考えていた。

いやそもそも、この時点では冒険者たちのことなど忘れていた。


「なにごとだ⁉」

悲鳴が聞こえてきた時、ザムベスは競売のための衣装を合わせているところだった。

客もすでに来ているというのに、誰が騒ぎを起こしているのか。

苛立《いらだ》ちとともに叫ぶと護衛の一人が確認のために部屋の外に出て、そしてすぐに戻ってきた。

「ボス、襲撃だ！」

「なに⁉」

「初めて見る魔物が屋敷の中にいる」

「ふざけるな！　他の連中はなにをしてやがる！」

「わかりませんけど、ここにいるのはまずいですぜ」

ザムベスはすぐに決断できなかった。

なぜいきなり魔物が？

騎士や衛兵が駆け込んできたというならまだわかるが、なぜ魔物？

「噂《うわさ》の女大公が出てきたか？」

魔導を極めた祖王リョウの娘が、ザムベスを処分するために動いたのではないか？

だとすれば魔物というのもあり得るのか？

しかし……。

「ええい、商品だ！　とにかく商品を確保して……」

逃げなければ……そう言いかけたザムベスは見た。

さきほど護衛が閉めたドアが破裂する瞬間を。

飛散するドアや壁の破片とともに、視認しきれないなにかが飛び込んできたのを。

そしてそれらは瞬く間にその場にいた護衛を斬り捨て、側で震えていた仕立て屋さえも真っ二つにし、ザムベスの前に立った。

そんな速度で動いていたとは思えないような全身鎧《よろい》が目の前にいる。

「お前が『獄鎖』のボスか？」

兜の中で反響した声がザムベスに問う。

「お前は、誰だ？」

「俺が誰かはどうでもいい。問題なのはあんたがボスかどうか、だけだ」

「貴様、こんなことをしてただで済むと思うなよ。必ず……」

「そうか。それなら絶対に生かしておくことはできないな。俺は臆病者だから」

「ま、待て！」

その言葉が最後だった。

思考は途切れ、視界が二つに分かれ、暗闇の中に全てが消えていくまで、分かれた視界は落ちていった。

††††

ふう。

あらかた片づけたかな？

眷族たちとはある程度の情報共有ができるので、屋敷内の掃討状況はわかる。

なんだか裏組織の人間っぽくない人たちもたくさんいた。

着飾った貴族とか金持ちとか、そんな雰囲気の人たち。

もしかしたら、なにかのイベントを催すつもりだったのかもしれない。

とはいえいまさらやりすぎたかもと後悔する気もない。

ここで自由に動いている時点で全員悪人決定。

それでいい。

【血装】を装備させたブラッドサーバントは、倒した相手を血泥にし、そして取り込んでいった。

取り込めば、大きくなる。

質量が増して、やがて人型ではなくスライムのような不定形の姿になりつつ、飲み込んだ人々を
【血装】の牙で噛み殺し、新たな血泥に変えていく。

ひどい光景なんだけど、被害者はみんな悪人なので気にしない。

ボスを逃がすことは防げたので、地下へ向かうことにする。

まだあちこちで悲鳴が聞こえている。出入り口は押さえているけれど窓などは無理なので、あちこちで逃げ出されている。

全滅させてやるつもりだったけど、さすがに無理っぽい。

大荷物を抱えて逃げているのがいないかだけは、クレセントウルフを何匹か待機させて見張らせているから大丈夫だとは思う。

この屋敷にある財宝とかも最初は奪ってやるつもりだったけど、そういうのはファウマーリ様に任せよう。

スリサズを通して三人の安全が確認できたことで少し気が抜けてしまい、冷静に考えることができた。

ちょっとこれはやりすぎかもしれない。

祖王と大公という権力者に自分の強さを知られてしまっている。

あの二人と話が付いているとはいえ、力もあって富もある存在のことを権力者に知られているなんて危険なことじゃないだろうか？

ここは富を譲るぐらいの謙虚さは見せておかないと、ほんとにこの国にがんじがらめにされるんじゃないだろうか？

場合によってはこの国から離れることも視野に入れておいた方がいい？

「家を買うとかしなくてよかったかも」

などと呟《つぶや》きつつ、地下に向かって移動していく。

地下は地下で、死体がたくさん転がっていた。

「アキオーンさん！　こちらです！」

スリサズの声が聞こえてきてそちらに向かう。

寒々しい地下牢には少ないけれどいろんな人がいた。

全員が怯《おび》えた目で俺のことを見ている。

ゴーストナイト装備一式は威圧感があるからね、しかたない。

「怪我《けが》はない？」

その中でフェフたち三人は明るく迎えてくれた。

「はい！」

「フェフ様の風がすごかったです！」

「ウルズも魔法で活躍していました」

「あの狼《おおかみ》たちもすごかったですよ！」

フェフの手に入れたスキル【風精シルヴィス】は風を自由に扱うことができるし、ウルズの【魔導の才知】は一度見た魔法を習得することができるので、俺が覚えている魔法を全て見せて覚えてもらっている。

それらを使って地下牢にやってきた連中と戦い、連れ去られたりしないように抵抗していたのだ。

「無事でよかった」

三人の無事にほっとしつつ、牢の鍵をむしり取って壊す。

「じゃ、帰ろうか」

「「「はい」」」

うれしそうな三人の様子にほっこりする。

ああ、そうだ。

「俺たちはこのまま帰るけれど、この後に騎士とかが来ると思います。悪いですけどその人たちに助けを求めてください」

他の牢で様子をうかがっている人たちにそう声をかけておく。

この人たちが良い人かどうかの判断もできないしね。

騒ぎを聞きつけていずれ騎士たちは来るだろうし、言っていることは間違ってない。うんうん。

そう思って三人を連れて地下から出ようとしていると……。

「お待ちください！　フェフ様！」

そんな声が奥から聞こえてきた。

そちらに目を向けると、牢の柵に必死に顔を付けるエルフの美人がいた。


フェフたちと合流してからブラッドサーバントを回収しつつ屋敷を出る。

屋敷の中には中身を失った高級そうな服や装身具がそこら中に転がることになったけれど、四人を人目から避けるための布だけもらって撤退する。

なんか世界のミステリーみたいな状況が完成した気がするけれど……まぁいいよね。

家はちらかっていたけれど致命的に壊れているということはなかったので、それらを元に戻してから、まずはご飯にする。

「お肉を希望します」

フェフがたくらんだ笑みでそんなことを言う。

「大丈夫なん？」

「大丈夫です！」

なんとなく意図は理解できたけどいいのかな？

まぁ、リクエストに従って……カツサンドにしようか。

それと先日も出したＢＬＴサンドも。

それだけというのもあれなので、他にもサンド系のパンを幾つか出そう。

大皿でドーン再び。

「…………」

テーブルの中央にどんと積まれたサンドイッチ各種に美人エルフが難しい顔をしている。

「フェフ様、これは……」

「家主の歓待を拒否するような失礼は、しませんよね？」

「うっ」

フェフにニッコリ笑顔で言われて、美人エルフは言葉を失っている。

もう脅迫だね、これ。

「心配しなくても私たちも食べますよ」

そう言ってフェフ、ウルズ、スリサズの三人がカツサンドを手に取る。

「美味しい！」

ウルズがうれしそうに頬《ほお》を押さえる。スリサズがさっと二個目に手を伸ばしている。

「………」

美人エルフが無難そうなＢＬＴサンドに手を伸ばそうとしたのに、フェフがその手を摑《つか》んでそっとカツサンドに向かわせる。

「フェフ様」

「ナディ……食べなさい」

「………はい」

美人エルフ……ナディが覚悟を決めてカツサンドを口にする。

「っ！」

パッと目を見開いた。

そして即座の二口目。

カツサンドに使われているソースは、野菜や果物がたくさん使われているからね。ベジタリアンっぽいエルフにも受け入れられやすいんじゃないかな？

で、エルフの野菜偏重な食生活は、環境がそういうものというだけで、教義的なものではないらしいので食べさせることに問題はないそうだ。

それにしても、ちゃんと人間の大人ぐらいに成長したエルフもいるんだね。

あれか。

成人とされる年齢が低いだけで成長の余地はまだあるってことかな？

あれ？　成長期の終わりは耳の先の色がどうとかとも言っていたような？

つまりこれは個人差？

バスケやバレー選手と一般人ぐらいの差だったりして？

「……な、なんですか？」

「あ。失礼」

考え事をしてたから思わずじっと見てしまった。

「エルフの成人にも大きさの差はあるんだなと」

「どこの大きさの話ですか!?」

スリサズが変な食いつき方をしてきた。

ナディもさっと胸を隠さないでいただきたい。

「私たちだってまだ大きくなる余地があります！」

「そうです。アキオーンさんのごはんでそうなります！」

「身長の話だよ！」

すぐに訂正したけど、信じてもらえたかな？

ていうか他の二人までこの話題に食いつかないでもらいたい。

「身長だってまだ伸びますから！」

「そうです！　成長期は終わりましたけど、身長はまだ伸びる余地があります！」

「子供じゃないですから！」

そんなことを言っているうちは子供なんだよなって、どこかで聞いたセリフを思い出しながら、

沸いたお湯で新しいお茶を淹れる。

食事も落ち着いてきたし、そろそろ話題を動かそう。

「それで……ナディさんはどうして王国に？」

「それは……」

ナディは俺に疑わし気な視線を向けている。

「ナディ。アキオーンさんに言えない話でしたら私たちも聞く気はありません」

「フェフ様！」

「私たちはすでに国を追われた身。すなわち国の運命から不要と言われたも同然の身です。そんな私たちに、他人に言えないような話を持ってこないでください」

「う……」

ナディのエルフの国での立場がわからないけれど、元王族のフェフと話ができているのだから、それなりな地位にはいたんだろう。

そんな人が身一つでここにいる。

フェフを探しに来たのかどうか知らないけど、それだけでエルフの国でなにか大変なことが起きているという予測ぐらいはできる。

ナディが俺を見る。

なんだか遠慮しろとか席を外せとかフェフに話を聞くように説得しろとか、そんな雰囲気の視線が飛んでいるような気がするけど、知らんぷり。

「俺はここでの三人の保護者のつもりだよ」

そう前置く。

なにか三人から不満そうな気配が飛んできたけど、そっちも知らんぷり。

「だから、三人が危ないことに巻き込まれないようにするのが役目だと思ってる。望まないことならなおさらだね。この子たちを守るために俺がなにをするかは、あの屋敷の跡を見たんだから少しは想像ができるんじゃないかな？」

ナディの視線からの圧が見る間に減っていく。

「なにか気が急《せ》いているみたいだけど、慌ててなにかしたってうまくいくわけないんだから。ちょっと時間をかけて考えたらどうかな？」

ナディは難しい顔のままうつむき、悔しそうにＢＬＴサンドを齧《かじ》った。

食事が終わると、三人はすでに抱えている書写の依頼を終わらせるために部屋にこもった。幸いにも依頼で使う道具などは無事だった。

ナディは所在なく席についていたけれど、気が付くとウトウトとし始め、テーブルに突っ伏して眠り始めた。

完全に寝たところで俺の部屋に運んでベッドに転がす。

その間に俺は……さすがに冒険者ギルドに行く気にはなれないので家の損傷がないかを確認し、その後は【ゲーム】で領地の整備をする。

「ん？」

収穫した黄金サクランボを取り出すために役所に移動したところで、職員の頭に『！』マークがあることに気付いた。

なにかイベントかクエストが増えたらしい。

いきなり脳内にシステムボイスを鳴らすのは止めたんだろうか？


『領地拡大クエスト』

『工房拡張クエスト』


なんか、クエストが二つもあるんだけど？


『領地拡大クエスト。

領地拡大のチャンスです。指定のアイテムを献上することで領地拡大の許可が下りますよ。

必要な物。

世界樹の若芽×1』

『工房拡張クエスト。
魔導研究所を建造してクラフトの種類を増やしましょう。
必要な物。
叡智《えいち》の宝玉×1
妖精祝福の木材×10』

また謎の木材がある。

いや、ていうかどれも謎のアイテムばかりなんだけど。

いやいやいや……でも、なんか……世界樹？　妖精？

なんかこう……雰囲気だけどエルフと関係ありそうじゃない？

思ったなら確認ということで、フェフたちの部屋をノック。

おやつ休憩を餌に三人をキッチンに誘う。

お茶を三人に淹れてもらいつつ、【ゲーム】からさっき作ったおやつを出す。

ショートケーキ。

ホールでドンじゃなくてカットしてあるものだけれど、断面から生クリームとスポンジケーキの層の中に混ざるフルーツも見えるからいいんじゃなかろうか？

三人は甘さに震えながらショートケーキを満喫した。

「それで、聞きたいことがあるんだけど……」

お茶を飲みながら余韻に浸っているところで、クエストのことを話して、三つのアイテムのことを尋ねてみる。

「世界樹の若芽と妖精祝福の木材はわかります」

三人は顔を合わせてから、フェフが代表して言った。

「どちらも……エルフの国ルフヘムで手に入る貴重品です。妖精祝福の木材はともかく、世界樹の若芽はそう簡単に手に入るものではありません」

「そっかぁ」

「叡智の宝玉もどこかで聞いたことがあるんだけど」

「どこだったかなぁ？」

ウルズとスリサズが首を傾げている。

聞いたことがあるってことはいつかどこかで出会える可能性はあるってことか。

……それにしても。

「これはあんまりよくない傾向かなぁ」

ダンジョンに向かわせた時もそうだけど、【ゲーム】はなんらかの意図をもって俺を動かそうとしているような気がする。

それこそ、正規ストーリーに導くためにクエストを配置するオープンワールドＲＰＧのように。

自由のようで自由ではない。

そんな感覚がある。

チートに気付いてからの俺に向かうべきゴールがあるのかどうかはわからないけれど、いまフェフたちが行きたがっていないルフヘムに向かわせようとしているのは事実だ。

さっきも国のことを喋る時に躊躇《ちゅうちょ》があった。

もしかしたら、あそこには『私の国』って言葉が入りそうになったんじゃないだろうか？

忘れたくて忘れようとしていることには、手を伸ばすべきじゃないと俺は思う。

それなのに【ゲーム】はそこに行けと誘《いざな》う。

そこに行けば美味しいことがあるぞと誘惑する。

なんだかそれは、フェアじゃない気がする。

「アキオーンさんはルフヘムに行きたいんですか？」

「え？」

う〜んと少し考えて、答えをひねり出す。

「【ゲーム】のクエストは、こうすれば美味しいことがあるよっていう誘いでしかない。強制じゃないんだ。だから、無視したってかまわない」

「行けばいいことがあるんですね」

「俺にとってはね」

「それなら、行きましょう」

あまりにもあっさりとした発言に俺は目を瞬いて三人を見た。

「ナディがなんの厄介事を持ってきたのかは知りませんけれど、私たちだけなら絶対にお断りです。私たちはもう戻らない覚悟でここまで来たんです」

フェフの言葉に二人も頷く。

「だけど、アキオーンさんのためなら話は別です。私たちはそれだけの恩がありますから」

「です！」

「いや、俺だって君たちが嫌がることはしたくないよ」

俺がそう言うのだけどフェフたちはなぜだか引かない。

あれ？

これってあれか？

俺が行きたいからしかたなくという体《てい》を装いたいだけか？

じっと黙って三人を観察する。

なんだかそんな感じがする。

「行きたい？」

逆に聞いてみた。

三人は黙って視線を下に向けた。

やがて、フェフがぽつりと語りだした。

「私たちが行くことで解決するというなら、それはきっと王権にかかわる問題となるはずです。もしそうなら、私たちはもう、ここには戻ってこれないかもしれません」

フェフが寂しそうに笑う。

ああ。

それでも、やはり……。

三人は自分たちの国に未練があるのだ。

それはそうだろう。

周りを見ても自分たち以外に同族のいない世界は、ひどく寂しいものだろうからね。

「でも、そこにアキオーンさんへの恩返しを含むことができるなら」

「私たちに迷う理由はありません」

「です」

「……君たちと交換するほど価値のあることじゃないよ」

フェフたちとの生活は始まったばかりだけど、楽しいのは間違いないんだ。

それがなくなるかもしれないと思うのは寂しい。

【ゲーム】でできることが増えるかもしれないのは魅力的だけれど、この三人と引き換えにするほどのことじゃない。

「「「アキオーンさん」」」

三人が泣きそうな顔で俺を呼ぶ。

ナディが身を潜めて三人の背中を複雑な顔で見つめているのを、俺は見た。


落ち着かない一日でも気が付けば夕方になった。

夕食はパスタ。

俺とフェフたち三人はボロネーゼ。

ナディはキノコの和風パスタ。

肉のないのとなると、これとペペロンチーノぐらいしか思いつかなかった。クラフトのメニューにはいろんなパスタがあるんだけど、作ってみないとどんなのかわからない。

食べ終わって静かにお茶を飲んでいるとノックの音が来客を告げる。

やや緊張した空気の中、エルフの四人に部屋に行くように手で合図を送り、ドアを少し開けた。

いたのはファウマーリ様だった。

今日は一人だ。

「夜分に邪魔するぞ」

半端な苦笑いという顔で家に入ってくる。

「なにか問題が？」

テーブルに着いたファウマーリ様にお茶を用意しながら尋ねる。

「問題はあるが文句はない。好きにせよと言ったのはこちらだからな。だがまぁ、傍観者としては面白いが、現地で調査する者には不可解極まりない現場を作ってくれたものよ。ただ、財物を取っていないようだったがよかったのか？」

「目的を達成できたので。欲張ると後が怖いですから」

「やれやれ、立ち回りがうまくなって来ておるな。良いことではあるが、寂しいことでもあるのう」

「それで、なにか用ですか？」

「ふむ。そなたが奴らの本拠をきれいに残しておいてくれたから『獄鎖』の関係者の掃討は問題なく行われるのだが、お前の力に目を付けた者が何人かおってなぁ」

「はぁ」

貴族連中の干渉は抑えてくれるんじゃなかったのでは？

「国は学校。貴族は生徒。我や父様は怖い生活指導。こう言えばそなたに通じると父様が仰《おっしゃ》っていたが？」

「ああ……なんとなくわかります」

怖い生活指導の目は逃れようとするけれど、それでも校則違反を止めない生徒って、たしかにいるよね。

権力に干渉する力はあるけれど、実際に行使できる校長（現王）ではない分、強制力は万全ではないってことか。

「それに『獄鎖』に繋がりのある者がそなたに報復を仕掛けてくるかもしれん」

やっぱり、一度で全滅とはいかないものなのか。

ヤクザだって傘下とかいろいろあるっぽいし。

ああ、そうか。報復を果たした者が後継者とか、ヤクザならそういう考えありそう。

「つまり……本題は？」

ファウマーリ様の話はどこかに向かうための前置きを積み重ね続けている。

そのまだるっこさに俺は結論を求めた。

「うむ。貴族からの好奇心は少々うるさい程度で済ませることができるだろうが、報復の方はさすがに読み切れん。そなたは無事だろうが、そなたの家族まで無事とは限るまい。だからな、しばらくこの国を離れんか？」

「ああ、やっぱりそういう話ですか」

なんとなくそういうことだろうなとは思っていた。

「そなたらの家族は移動にも気を使うだろう。こちらから願うのだから移動のための便宜は図る。どうだ？」

「……しかたないですね」

悪党との泥沼の抗争っていうのを想像すると、ひたすら周囲に被害が広がっていく展開しか頭に浮かばない。

俺の関係者となると冒険者ギルドや商業ギルドの人たちっていうことになる。リベリアさんに迷惑がかかるのは嫌かな。

つまり、しばらく王都を離れることは確定ということだ。

長々とため息を吐く。

王都から離れることに未練があるとかいうのではなく、なんだか都合の良い展開をこれでもかと積み重ねられているような気がする。

「すまんな」

「あ、いえいえ」

ファウマーリ様が勘違いして謝ってくるので、俺は慌てて手を振った。

その後は移動の段取りの話になった。

家の解約なんかはファウマーリ様の方で手続きするし、持っていけない家具なども保管しておいてくれるらしい。

【ゲーム】に回収すれば一瞬だけれど、それはまだファウマーリ様に明かしていない。たぶんだけどなんらかの予測はされている。されているだろうけれど、全てを明かす気にはなれない。

当たり前だがファウマーリ様は国家権力側なのだから。

いまの関係をありがたがっているぐらいでいいはずだ。

動けるのであればいますぐにというので、俺はフェフたちを呼んで、事情を説明することにした。

ファウマーリ様を紹介するとナディが驚いてその場で膝を突いた。

そんな彼女の対処はウルズとスリサズに任せて、フェフに意見を聞く。

「お願いします」

フェフはファウマーリ様に深々と頭を下げた。

「うむ。申し訳ない。できるなら援助をしてやりたいところだが……」

「アキオーンさんがいれば問題ありません」

「ふ、ふふふ……なかなか食えぬな。まぁよい。また会えることを願おう」

二人の間でなにか言葉にならないやりとりがあったようだけれど、わからないのでそのままにしておく。

出発の準備はすぐに終わり、俺たちが家を出て案内されるままに大通りに出ると立派な二頭立ての箱馬車が待っていた。

「御者はいるか？」

「あ、大丈夫です」

先ほどの屋敷の襲撃で、また大量のスキルを手に入れている。

その中に【御者】もあったので問題なく操れる。

すでに乗っていた御者と席を代わり、フェフたちが乗ったのを確認して出発する。

「東門に向かえ。話はついておる。国境を抜ける時に止められたらこれを使え」

と、手紙を渡された。

言われるままに東門に向かうと止められることなく外に出ることができた。

そのまま、しばらく進む。

俺は大丈夫だけれど馬は休ませなければならないので、早い段階で街道横の休憩所を見つけて馬車を止めた。

それに【危険察知】がさっきから反応している。

こういうの、離れている時のフェフたちになにかあった時も反応したらいいんだけどな。

馬車の中を覗くとフェフたちは寄り添って眠っていた。

向かい側にいるナディが難しい顔でこちらを見た。

「馬の世話をお願いしていいかな？」

「あなたは？」

「誰か付いてきているから、それの処分に」

俺の言葉にナディの表情が険しくなった。

「わかった」

「では」

ナディが出てくると、すぐに【隠密《おんみつ》】で気配を殺し、【忍び足】で馬車から離れる。『獄鎖』の連中から手に入れたスキルは裏社会の人間だったからか盗賊っぽいものが多い。あと、変わり種っていうか【宮廷儀礼】というスキルが一気に＋3になった。

ブラッドサーバントの犠牲者に貴族がいたみたいだけど、そんなに成長するぐらいにいたのか。

暗闇に紛れて様子をうかがっていると、馬車に近づく者がいた。

数は三。

魔法も手に入れたのだけど、その中に【毒生成】という魔法があったのでそれで麻痺《まひ》毒を作り、それを手の中に収めてから一気に接近し、三人の顔に投げかけた。

「「ぎゃっ！」」

いきなり麻痺毒を投げかけられた三人は目や鼻の粘膜に飛び込んだ刺激に悲鳴を上げ、そのまますぐに倒れた。

麻痺毒がうまく効いたみたいだ。

その後はあまり面白くない話だから簡潔に。

物陰に連れ込んで一人ずつ解毒してから事情聴取をして吸血する。

三人目の口はずいぶんと軽かったけれど、運命は変わらない。

やはり『獄鎖』の関係者だったようだ。どうも『夜の指』の後に俺を見つけたのが彼らだったようで、下部組織に情報を売るために尾行してきたらしい。

彼らを処分したことで『獄鎖』関係者からの追跡は排除できたかもしれない。

それに【隠密】が強化されたのも心強い。

馬車に戻るとナディがびっくりした顔をしていた。

どうやら俺の気配を見つけられなかったみたいだ。

08 小国家群へ

馬車の旅を十日ほど続けた。

途中にある宿場町や大きな街などは全て避けてひたすらに東を目指す。

食事や水なんかは【ゲーム】で補給できるので、休む目的以外では馬車を止めなかった。

あれから追手みたいなものはなかったけれど、ゴブリンや山賊なんかには襲われた。

国境近くになればなるほど、道は悪くなり、治安も悪くなる。

見栄えがいいのに護衛の少ない馬車はカモネギだと思われているのか、山賊がよく道を塞ごうとする。

馬車を止めるのも面倒になってきたし、こういう連中はスキルを獲得できないとわかったので、御者席から弓や魔法で対処して死体は放置することにした。

途中からはウルズが隣に座って魔法の練習をするようになったり、スリサズが影に潜んだ偵察を買って出るようになった。

フェフも御者席に移動したがっていたけれど、ナディが強硬にそれを止める。

いまだに彼女からは警戒されているようだ。

しかたがないのかもしれないけど、面白くはない。

馬車の中ではフェフが説得をがんばっているみたいだけれど、それが逆効果になっているのは明らかだ。

「まいったね」

と呟《つぶや》き、道の先を見つめる。

続く道の先には国境を守る砦《とりで》がある。

馬車で行くならあの砦を通るのは避けられない。

ファウマーリ様から預かっている手紙がある。

予想通りに止められたけれど、手紙の力は偉大だった。

馬車の中を確認されることもなかった。


小国家群の領域に入る。

とはいえまだエルフの国ルフヘムに入ったわけではない。

小国家群はその名の通り小さな国が群雄割拠している地域だ。王国の感覚でいうと、街一つが国家一つぐらいに考えた方がいい。

内部では攻めた攻められたという話がしょっちゅうの戦国時代だが、外部からの圧力には結束して対抗するという条約を結んでいるそうだ。

その外部というのは人であればいまさっきまで俺たちがいたベルスタイン王国で、それ以外は魔境と呼ばれる未開拓地域にいる魔物となる。

魔境では魔物が国家に比するぐらいの集団を作っている場合もあり、そういう集団が襲ってくる場合もあるそうだ。

もちろん、魔境は王国とも接しているので、そこでそういう戦いが起きているという話も聞くし、ほとんどの強い冒険者はダンジョンか魔境付近にいるという言葉もある。

王国と小国家群は以前に戦争をしたことがあるそうだが、それもかなり昔のことだそうだ。

ナディも生まれていない昔ということだが、そもそも彼女が何歳なのか知らない。

「この先にあるのはちょっとすごい光景ですよ」

「うんうん」

御者席に座るウルズが言い、スリサズが頷《うなず》く。

御者席と話をするための小窓からフェフが恨めし気な表情を覗《のぞ》かせている。

視線の先に聳《そび》えているのは、王国の圧力を物理的に防いでいる山脈だ。天辺《てっぺん》は雪を被っていて、春になっているというのに冷たい風が吹き下ろしてくる。

道なりに進んでいると、ウルズたちが言う『すごい光景』が姿を見せた。

山をくり抜く大隧道だ。

山脈と融合するように建造された城壁の中央にとても大きな門が開いていて、その穴ははるか向こうへと続いているのだ。

「ウルズ、スリサズ。馬車の中に。私がそこに行く」

ナディがそんなことを言う。

「私の方が話を通しやすい」

不満そうな顔をした二人だけど、ナディのその言葉に逆らえないと判断したのか、馬車は動いているというのに器用に中に戻る。

もちろん、ナディも同じことをして俺の隣に座った。

門に近づいたところで槍《やり》を担いだ背の低い男たちが近づいてきた。

顔から目と鼻しか出ていないような凄《すさ》まじい髭面《ひげづら》。

ドワーフだ。

「どちらさんだ？」

「ルフヘムの上級騎士ナディ。任務を終えて帰っている途中だ。通してもらいたい」

「滞在予定は？」

「ない。通り抜ける」

「ふむ。あんたが通ったのは覚えておる。中は誰だ？　その男は？」

「中は守るべき要人だ。この男は御者として雇った」

「ふむ？　中を見せてもらっても？」

「見るだけなら」

ドワーフの門番（？）たちは馬車の中を確認する。ドアを開けて中を覗き込むだけで頷いた。

エルフかどうかだけを確認したのかな？

「よかろう。だが、その御者はだめだ」

「は？」

ドワーフの言葉に俺は思わずそんな声を出してしまった。

「雇われ者だということは王国に戻るのだろう？　商人でなければ入ることは許さん」

あ、これはやられた？

ナディを見ると目だけで冷たく笑っていた。

「ほれ、降りろ」

ドワーフたちは槍を向けて脅してくる。

声に緊張感はないけれど、槍を使い慣れている雰囲気だ。背に見合わない太い腕で突かれれば、俺の体に穴が開くことになる。

「ここで暴れるようなことはしないでもらいたい」

ナディが小さな声で釘《くぎ》を刺してくる。

「そんなことをしたら、フェフ様たちにも迷惑がかかるぞ」

「あんた……」

「悪いな。これは私たちの問題だ」

言いたいことは山ほどあったけれど、ここで騒ぎを起こしたくない。

国境の突破なんて大事は、確かに面倒……。

「あっ」

思い出した。

「商人ならいいんですよね？」

「あん？　そうじゃが？」

ドワーフといえば……っていうのがあるな。

「商人ですよ」

そう言って、商業ギルドの登録証を見せた。

あそこの銀行口座を開設するために作ったのだった。

「商品は？」

「マジックポーチに入れてまして。ああ、試供品はありますよ」

と、馬車の後ろにある荷物置き場を探る振りをして【ゲーム】から取り出すのは、もちろんこれ。

リンゴ酒だ。

「酒です」

「「むむっ！」」

予想通り、良い反応を見せた。

「差し上げますよ。自慢の一品です」

「ほ、ほほう」

「よいのか？」

「どうぞどうぞ」

「悪いのう」

「あ、わしにも寄こせ」

「通っても？」

「いいぞ」

「うむ」

門番には賄賂が一番だ。

「さあ、行こうか」

御者席に戻ってナディを見ると、彼女は苦虫を噛《か》み潰《つぶ》したような顔をしていた。

山脈を貫通する大トンネルを馬車で進む。

あっちの世界の普通のトンネルよりも天井が高い。五階建てのビルぐらいなら入るんじゃなかろうか？

これをドワーフが作った？

小国家群で王国に接しているのはドワーフの国だけらしいので、つまりはそういうことなんだろうけど、すごいなぁという感慨しか湧かない。

御者席には俺一人。

フェフたちは三人でナディを説教している。

耳がいいので、彼女たちが声を潜めていてもある程度は聞こえてくる。

「私たちが戻るのは国のためでも、あなたたちのためでもありません」

そんなことをフェフが言っている。

「アキオーンさんを排除しようとするなら、私たちも去ります。そのことを忘れないように」

「……はい」

ナディの声には悔しそうな雰囲気がある。

「いいですか、あなたたちは一度、私たちを捨てたのです。恥を知る心があるならこのような愚かなことはしないでください」

物騒な言葉が聞こえてきた。

捨てた？

権力争いに敗北してフェフたちが逃げてきたという概要は知っているけれど、詳しい事情は知らない。

ナディのことも、国内に残っていたフェフの味方勢力の一人……と思っていたのだけど。

「これは、ミスってるのかな？」

顔を撫《な》でて「ん～」と唸《うな》る。

そういえばまだ詳しい事情を聞いていない。

気付くと自分の間抜けぶりに絶望しそうになる。

とはいえ、彼女たちから話すタイミングはいくらでもあっただろうに、そうしなかったのは話しにくい内容だと思っているからじゃないだろうか？

だとしたら、自分で調べた方がいいのかもしれない。

幸いにも、商人として入ったわけだし。

トンネルを抜ける前に街が現れた。

左右の壁のあちこちにドアが現れ始め、通行人がひしめきだし、そこかしこから美味《おい》しそうな匂いが漂ってきた。

ドワーフの国ガンドウームはこのトンネルの中にあるのだとすぐに知らされた。

「お前が酒の商人か!?」

通行人がトンネルに満ちたことで馬車の速度は遅くなる。

これ、無事なところまで辿《たど》り着《つ》けるのかと心配になっていると、近づいてきた立派な服のドワーフがそう言った。

「門番から聞いたぞ」

「え、ええ。そうです。商業ギルドの方ですか？」

「うむ！」

情報が早い。

驚いているとそのドワーフは身軽に御者席に足をかけると俺の手を引いた。

「さあ、商談だ商談だ！」

「いやいや！　馬車が！」

「心配するな、ちゃんと駐車させておく」

見れば、別のドワーフが反対側から御者席に乗り込もうとしている。

「新しい酒ですって？」

若そうに見えたそのドワーフもノリノリの表情だ。

「さあさあ！」

力ずくで止めるのは簡単だけど、それをさせない精神的な勢いに負けて俺は壁に設《しつら》えられたドアの一つに引きずり込まれていった。

ドアの向こうの空気はなんだか慣れたものだった。

王都の商業ギルドに似ている。

広さは半分……もしかしたらそれ以下かもしれない。

引っ張られるままに奥の部屋へと連れていかれた。

ソファに座らされたのだけれど、テーブルの向こうには三人がウキウキ顔で座っている。

どんだけ酒というワードに弱いのか。

「さあ、新しい酒とやらを見せてくれ。マジックポーチで運んでいるんだろう？　味は？　どれくらいある？」

「まぁまぁ、ちょっと落ち着いてください」

ドワーフはオタク気質なところがあるイメージだし、商人だから目敏《めざと》いはず。

できれば目の前で【ゲーム】を使いたくないので、マジックポーチに放り込んでおいた、前のダンジョンで使っていた背負い袋を取り出し、その中を探る真似《まね》をして【ゲーム】を操作し、リンゴ酒の瓶を十本ほど出す。

「ほほう！」

「これは見事な瓶だな」

「中の酒もなかなかいい色じゃないか」

「お試しは一本だけです」

そう言っておかないと問答無用で全部開けそうな雰囲気があった。

「ぐう……しかたあるまい」

ソファに座るドワーフたち……受付にいた者たちより立派な服装だから幹部とかじゃなかろうか？

そんな連中が三人もいることに、そしてそれぞれにちゃんと自分用のグラスを持っていることに呆《あき》れつつ一本の封を開けると、我先にと差し出してくる。

それに注ぐと、グラスを回して色と匂いを確認し、そして口に含んだ。

「リンゴか。甘い匂いじゃな」

「だが酒精は意外に強い。トロッとした舌触りもいいのう」

「上等じゃのう。これはリンゴそのものもかなりの高品質じゃな」

「雑味が少ない。どんな造り方をすればこれほど研ぎ澄ませられるんじゃ」

「「「むむむむ…………」」」

ドワーフたちは唸りながらグラスの中身をちびちびと飲んでいる。

一気にグビッと行くのかなと思ったけど、意外にそうでもないようだ。

「兄さん……名前は？」

「アキオーンです」

「アキオーンさんよ、この酒、どれだけ出てくる？」

そこそこ造っているんだけどね。

さて、どれくらいって言うべきか。

「瓶で百。小樽《こだる》で五十ですね」

「「「おおおおおおお!!」」」

反応が良い。

「瓶が一本30000L《リーン》！　小樽が一つ100000Lじゃ！」

内容量の説明まですると、一人がそう提案してきた。

王都で売った時の三倍の値が普通に出てきた。

ドワーフは酒好きイコール酒の価値が高いという図式が成り立つんだなぁということに驚きつつ、瓶単体の価値も一本10000Lぐらいで見られていることになる。

しかもこれ卸値だからね。

小売価格は一体いくらになるのやら。

このまま売ってもいいんだけど……。

前回の襲撃で【交渉+1】っていうスキルを手に入れてしまっていて、そしてそのスキルがまだいけるって教えてくれている。

ならちょっと、がんばってみるしかないよね。

三十分後。

瓶が一本40000L、小樽が150000Lになった。

「なかなかがんばったのう」

ドワーフの一人が褒めてくれる。

「ええ。ですが、一つ情報を教えてくださったら、最初の値段でいいですよ」

「なに!?」

ぶっちゃけ、最初の値段でも王都の三倍だからね。

損はまったくない。

「その情報とは?」

「エルフの国です」

「ほう」

「あの国でいま、なにが起こっているのか、知っていることがあれば教えてほしいのですけど」

「ふむ。あの馬車の中はエルフだそうじゃのう。お前さん？」

「詮索は値段に返りますよ？」

「ふっふ、わかったわかった。いい酒を前にしたらわしらは無力よ。なんでも聞けい」

「ありがとうございます」

こうして俺は、ドワーフたちからエルフの国ルフヘムで起きていることを教えてもらえた。

フェフたち当事者ではなく、ドワーフたちという第三者からの情報はかなり有用だった。


エルフの国ルフヘム。

万植の王とも呼ばれる世界樹を中心として栄える森林国家。

小国家群内においては食料輸出量で頂点を保持し、都市国家集団の生命線ともいえる存在となっている。

そんな立場ゆえか、小国家群の中では『態度がでかい』『偉そう』『生意気』というイメージが定着している。

エルフ……。

そんなルフヘムだが、現在はその地位が危ぶまれつつある。

権力闘争が勃発し、王族貴族間で激しい争いが生まれて内部は乱れ、それゆえに食料の輸出が滞っているという。

地位の基盤である食料輸出が滞っていることで周辺諸国の不満が高まりつつあり、このままではどこかが、あるいは一斉に、世界樹確保のための侵略を開始するかもしれないという状況なのだそうだ。

詳細は秘密にされているが、世界樹こそがルフヘムの食料生産の要であることは間違いない。

……だとすると、世界樹の若芽ってかなりの貴重品なんじゃなかろうか？

で、そのエルフの内乱だけれど、現在では三つの勢力が存在するそうだ。

一つは現王。従う者が多く強い勢力なのだが、その王が最近表に出てきていないらしい。

一つは王子。自分以外の兄弟たちを殺害、および追放を行うなど暴走中だそうだ。

一つは民衆。現在の王政に問題があるとして、王家そのものを排除しようと活動している。

貴族たちはそれらの勢力のどれかに加担しているという状況なのだそうだ。

「最終的にどこが勝つと思ってます？」

「現王じゃな」

商業ギルドの幹部でもあるドワーフたちはあっさりと言い切った。

「世界樹を持っておる。それにエルフは長命だからな。子供なんぞまた作ればいいと思っておるだけかもしれん。周りの言う、狂うたというのは眉唾じゃな」

「あれはなかなかの曲者《くせもの》じゃからな」

「そうじゃそうじゃ」

その口ぶりからすると、現王はドワーフたちからは嫌われているみたいだ。

「あれ？」

現王は生きていて、フェフたちが逃げ出した原因らしい王子もいて……となると、フェフを必要だと言っているナディはどこの所属だ？

民衆？

なんとなくだけど、敵は全部ぶっ潰せばいいんだって考えてた。

途中過程のことはなにも考えてなかった。

もしかしなくてもすさまじく短絡的だ。

フェフたちがわかっているなら俺が間抜けだったで済む話だけど、俺を排除したがっているナディの態度も気になるし……。

ルフヘムに入る前に、一回ちゃんと話し合っておいた方がいい気がする。

考えながら、俺は商業ギルドを出た。

「遅いぞ！」

ギルド前に馬車は止まっていた。

御者席に座ったナディの声は刺々《とげとげ》しい。

俺は彼女を見てから箱馬車の扉を開ける。

「遅くなってごめん。今日はここで一泊しよう」

「はい。わかりました」

「ギルドの人に宿は紹介してもらってるから」

「なにを勝手に決めている！」

フェフたちは素直に了承したけれど、ナディは反対のようだ。

だけど無視する。

ナディの機嫌をうかがっていても、俺の疑問は解決しないだろうし。

そもそも彼女の行動は、なにか怪しい。さっきのことにしてもそうだけれど、フェフたちからも明らかに警戒されている。

彼女の癇癪《かんしゃく》に付き合わされるのは、悪い方向にしか行かない気がする。

「ナディ。そんなに早く戻りたいならあなただけで向かっても構いませんよ」

「フェフ様！」

「私たちには情報が足りません。現地に入る前にまずは情報を集めるべきです」

「そんな必要はありません！」

「ナディ。あなたは誰を主とするつもりですか？」

「フェフ様……それは」

「私を主とするつもりがないのなら、いますぐにそちらに向かいなさい。他人の犬は要りません」

思わぬ言葉に俺もびっくりしたけど、ナディはもっと驚いているようだった。

フェフはさらに告げる。

「ああ、そうですね。私の犬でありたいというのであれば、ルフヘムにいる協力者の現在を確認しておきなさい。あなたならば顔も利くでしょう」

「…………」

「行きなさい」

「フェフ様、お願いです」

「あなたはあちらでの窮地を助けてもらい、さらにこちらの都合に合わせていただいているアキオーンさんに対してあまりに無礼です。現状を理解していないのか、それとも無視しているのかわかりませんが、あなたの言葉だけでこのままルフヘムに入るのは危険だと判断しました」

「……………」

「行きなさい」

「くっ！」

フェフの視線に耐えかねたように、ナディはこちらに背を向けて歩いて行った。

「さあ、アキオーンさん、行きましょう」

「……………」

「アキオーンさん？」

「犬って……」

「あ」

「意外に辛辣だね」

「ち、父の真似をしただけです！」

フェフが真っ赤になった顔を押さえる。

「フェフ様のお父様はとても怖い方なのです」

「はい」

ウルズとスリサズがそんなフォローを入れる。

いや、それってフォローなのかな？　それ以前に父親って国王だよね？　そんな言い方していいのかな？

「後のことは宿に入ってからにしましょう！」

フェフが真っ赤になった顔を見られまいとそっぽを向く。

なんとなく三人でそれをにやにやと眺めてから、馬車を宿に向かって動かした。

宿もやっぱりトンネルの壁にあるドアの向こうにあった。

厩舎《きゅうしゃ》も壁を掘って作られていて、決して通りに建物が飛び出さないように配慮されている。

商業ギルドの紹介だけあって、箱馬車を預ける場所もちゃんとあり対応も丁寧だ。

料理よりも酒の種類が多いのもお約束かもしれない。

ニンニク味の強い、焼き肉チャーハンみたいなものを三人で食べる。味が濃いから水が要る。酒と合いそう。

他にも豚肉をタレで焼いたみたいなのも頼んだ。

これらの肉は魔物肉だった。

小国家群には魔物肉を食べる習慣がある。

王国では畜産も盛んだからそれをする必要もないのだけれど、こちらではたんぱく質を摂取するには魔物を利用するしかないということだ。

それを聞いて最初の一口は慎重になったけれど、食べるとすぐに慣れた。

ジビエ肉みたいな癖があるけれど、それ以外は普通に肉だ。

味付けも濃いのでビールが飲みたくなる。

そうだ、今度はビールを作ろう。

食事も終わり、部屋の準備が終わったので部屋に移動する。

四人で寝られる大部屋を借りた。

分けようかと思っていたのだけど、なにかあったらいけないのでということで一つの部屋にした。

……変なことはしないよ。

ほんとだよ。

部屋に入ってから【ゲーム】でティーセットを出してお茶を淹《い》れる。

ほっと一息入れてから、話を始めた。

「その前に……」

フェフがスキル【風精シルヴィス】を使う。

たぶん、音が外に漏れないようにしたのだろう。

俺の【夜魔デイウォーカー】ぐらい自由度の高そうなスキルだ。

「アキオーンさん」

「はい」

「まずは、ここまでなんの説明もできずに申し訳ありませんでした」

「ありませんでした」

「でした」

と、三人が謝ってくる。

「いや、しかたないよ」

王都から出るのが急だったし、途中も休みなしだった。

それに……考えてみると、ナディがゆっくりと話をする機会を邪魔していたようにも思える。

「とりあえず、フェフたちが知ってること、それからナディに言われたことがあるならそれを聞こうか。その後で商業ギルドで聞いたことを教えるよ」

「はい」

そんな感じで話を始めた。


フェフはルフヘムの現王バルジャンの五番目の子として生まれ、都市の一角に屋敷を与えられて暮らしていた。

王の子供たちはみな、あるタイミングで世界樹の若芽を与えられ、それを育てることを義務付けられる。

そのために、同じ場所で暮らすことは許されない。

ウルズとスリサズは同年の友達として、その母たちを乳母《うば》としてフェフは過ごしてきた。

時折登城させられて父母と会話する。

後はウルズとスリサズとともに勉強をしたり、森での生き方を学んだり、普通のエルフと同じように暮らしたりしていた。

子供の証《あかし》である耳の先の赤さが三人ともになくなった頃、異母兄が暴挙に出た。

突如として他の兄弟たちを殺して回りだしたのだ。

フェフたちは乳母や他の世話役に言われるがまま国から逃げ出し、なんとかベルスタイン王国まで逃げ延びることができたのだった。

「ナディは？」

ここまでナディの名前が一度も出ないことに俺は首を傾《かし》げた。

なんとなく、フェフの側にいるエルフだと思っていたのだけど……。

「ナディは王に仕える騎士です」

「親しいわけじゃない？」

「治安維持を務めて巡回をよくしていたので、私たちも知ってはいますが。そうですね、陣営という意味では親しくありません」

「でもなんか、捨てたみたいな？」

ことを言っていたよね？

「……異母兄から襲撃された時、私たちはナディたち騎士にたすけを求めました。ですが、彼らはなにもしてくれなかったのです」

「なんで？」

「彼らの忠誠は王である父にだけ向けられていますし、私の命を狙っていたのは異母兄です」

「……うん」

「私にこれを言ったのは、ナディです。『民ならばたすけるが、王を決める争いには関わらない。私たちは王に仕える騎士だから』」

「うわぁ」

言うなれば、騎士たちは王位継承争いに巻き込まれるのを避けて、フェフたちを見捨てたのだ。

そうして、フェフたちは国を出たわけか。

戻りたくないってなるのもわかるなぁ。

「それで、ナディにはなにか言われていたのかな？」

「はい。父が……異母兄によって殺されたと」

「……え？」

「異母兄は私以外の王族を全て殺し、勝手に王を名乗っているのですがその異母兄にも問題があると……」

「問題って？」

「異母兄は、与えられた世界樹を腐らせてしまったらしいのです」

「……話からして、それって王位継承権を失うとか、そういうことなんじゃ？」

「はい。王族としても与えられた世界樹を腐らせるのは不名誉の極みとされています。たとえ王になれず自身の育てた世界樹を失うことになったとしても、ちゃんと育てたということは、それだけ森を理解しているということになりますし……」

「腐らせれば、森を理解していないってことになる」

フェフが言葉を濁らせた部分を俺が言う。

「なるほど……」

自分の育てていた世界樹を腐らせてしまい、王位継承権を失ってしまったことが、異母兄の理性を壊してしまった。

異母兄の暴走という意味では話の筋が通っているように思える。

だけど、そもそもナディが信用できない。

「ええと、さっき商業ギルドで聞いた話なんだけど……」

と、俺は語った。

あそこでは現王が死んだという話までは出てこなかった。

「情報が伏せられているっていうことはもちろんあると思うよ。だけど、それでも気になる点はあるんだ」

もちろんそれは、ナディに集約されてしまう。

ナディは結局、どの陣営なのか？

フェフたちを追い払った時は現王の側だったみたいだけれど、いまでもそうなのか？

騎士は王に従うと言うなら、ただ一人の王位継承者となった異母兄に仕えればいい。

だけどその異母兄は世界樹を腐らせていて、王位を継いでも国から世界樹が失われることになる？

だとすれば、騎士が仕える理由にはならない。

国に戻る気のなかったフェフに自らの陣営があるはずもない。

ナディは彼女をどの陣営に連れていく気だったのか？

それに、世界樹の若芽。

「フェフの世界樹も枯らされたんだよね？」

「おそらく」

悲しそうに頷く。

「その場面は見ていませんけれど、世話をする私がいなくなったのでもう枯れているはずです」

「なら、フェフを連れ帰ってどうするつもりだったんだろう？」

「新たな世界樹の若芽を育てさせるつもりだったのだと思います」

「世界樹の若芽って、そんな簡単に手に入るものなの？」

「いいえ、エルフが守る豊穣《ほうじょう》の樹海という場所に挑まなければなりませんし、そこに入ることを許されているのは世界樹の加護を受けた王だけです」

「世界樹の加護？」

「はい。世界樹を成木にまで育てた者は、その加護が得られます。それが王の証です」

「……なるほど」

つまり、世界樹で強くなったエルフは王だから一人しかいらない。だから他の王族が育てていた世界樹は枯らすってことか。

強い者はたくさんいた方がいいけれど、強すぎると王権を揺るがすって考えか。

「ていうことは……フェフがこのままルフヘムに戻るのは危険かな」

情報が錯綜《さくそう》しているのもそうだけど、ナディの所属がはっきりしないのが怪しすぎる。

「フェフは俺の目的以外ではどういう気持ち？」

「私は……」

俺が世界樹の若芽を欲しがっているというのは、フェフにとっては恩返し以外にも都合のいい大義名分という部分があるはずだ。

一体、どう都合がいいんだろう？

故郷が大事とか、そういうのでももちろんいいんだけど……。

「故郷がなくなるのも嫌ですけど、それよりも乳母たち……家族の安否が知りたいです。無事ならなんとか助け出したい。彼女たちが望むなら……」

「……………」

「……………」

ウルズとスリサズが俯《うつむ》く。

乳母とはつまり、この二人の母親ということになる。

家族のためというのはとてもわかりやすい。

「あと、確認なんだけど……」

「はい」

「豊穣の樹海って、もしかして……ダンジョン？」

「そうです」

「そっかぁ」

なら、ダンジョンに潜り込むことができれば、世界樹の若芽は手に入るのか。

「妖精祝福の木材は？」

「それは……」

と三人が説明してくれる。

そちらは先代か、王位に就けなかった他の王族が育てていた世界樹の木材を妖精が祝福したものなので、ダンジョンでは手に入らないのだそうだ。

「最後の確認なんだけど……必要なら王になる？」

フェフが気にしているのは家族の安否だ。

なら最悪、家族を確保したらまた国から逃げるという方法もあると思う。

だけど、ルフヘムの外ではきっと苦労する。

小国家群の中ならエルフの利用価値を知っている人たちに付け狙われるだろうし、王国に戻っても存在の希少性から『獄鎖』に狙われたみたいなことがまた起こる。

どこか辺境で村を作って一からやり直すっていう選択肢もあるけれど、その苦労とルフヘムで王をする苦労のどっちがマシかというのは、俺には判断できない。

「……家族がまだいるなら」

「そっか」

それはそうだ。

ちょっと寂しいなと思いつつも、フェフが決めたことなんだからと受け止める。

「よし、それじゃあ。まずはどうするか。いろいろ話し合おう」

お互いの情報や目的は理解し合えたと思う。

危うくこんな話し合いもできずにルフヘムに入っていたかもしれないのかと思うと怖くなる。

ナディを排除できたのは本当に良かった。

話し合いは続く。

「このままルフヘムに入るのは危険だね」

フェフをルフヘムに連れて行きたかったナディの真意がわからない。

まずはそれを確かめるべきだと思う。

俺の結論に三人も反論はない。

ないけれど……ならどうすればいいか、だよね。

「偵察なら任せてください！」

意気揚々と手を挙げたのはスリサズだ。

彼女の【影の住人】というスキルなら、たしかに有用だ。

でも……。

「一人は危ないから、俺も行くよ」

「エルフの国で人間は動きにくいです」

心配だからと言ってみたものの、スリサズにすぐに返されてしまった。

「人間、いないの？」

「いないわけではないですけれど……」

「重要な地区への出入りはできません」

エルフの国ルフヘムは小国家群の中では中央に位置している。

そのため、小国家群内の交易の中心地としての働きもある。

そんなルフヘムの都市は明確に区画が分けられていて、外部の者が奥に入ることはできない。

特に世界樹に関わる者がいる層は、貴族でさえ選ばれた者しか入ることは許されない。

それぐらい厳重な中で、人間の俺が動き回るのは確かに難しいかもしれない。

だけど、スリサズにだけ偵察させるというのは……。

「アキオーンさん、お願いします」

フェフが静かに言った。

「アキオーンさんの気持ちはうれしいですけれど、私たちもあなたに任せて待つばかりでは心苦しいですから」

「うっ……」

反論ができない。

とはいえ、俺としてもちょっと考えがあるのも事実。

「うん、偵察の件はわかったんだけど…………」

と、俺の考えも披露する。

「「ええっ!?」」

それに三人は驚いた顔をした。

「保険ていうか、そもそもそれしか方法がないと思うんだけど、どうかな?」

「それは……」

「アキオーンさんの実力は知っていますけど……」

「どう……だろう?」

「そもそもあの場所へ行くっていうのが」

「私たち、近づいたことがありませんから」

「なるほど。でも、大体の場所はわかってるよね？」

「それはもちろん」

「なら、やるだけの価値はあると思うし……」

目的地に到着さえしてしまえば、俺ならできるだろうなっていう自信もある。

「俺は、潜入がばれてもいいからとにかくそこを目指す。スリサズはそのドタバタを利用して潜り込む。これでいいんじゃないかな」

と、提案してみたけど、三人の反応はいまいちだ。

ここでスリサズの偵察の結果を待つのも、良いとは思う。

荒事になった場合、俺は時間が経《た》てば経つほどに有利になれる自信がある。

俺という戦力はたった一つだけど、その戦力が保有するステータスを超えられる者はたぶんいないだろうし、日が過ぎるほどにその差は開いていく。

西の街アイズワでのダンジョンの日々や、ここ最近での裏社会の連中との戦いで俺は、自分の実力に関してたしかな実感を得た。

だから、確信がある。

俺の提案した作戦は絶対に成功できるって。

でもまだ、三人にはそこまでわかってもらえていないみたいだ。

「このままここで様子を見続けるというのも可能だけどね」

宿代は気にしないでいい。

お酒はたぶん、造れば造るだけ売れそうな雰囲気だし。

「それに、ここで方針転換して帰るのもありだと思う」

だけど。

「ナディのせいでフェフたちが生きているのはばれてるんだ。なにもしないというのは悪手だと思う」

「「「…………」」」

黙っちゃった。

ちょっと無理押ししすぎたかな?

でも、良い作戦だと思うんだけどなぁ。

先に豊穣の樹海っていうダンジョンを攻略して、世界樹の若芽を手に入れてしまうっていう作戦。

話を聞く限り王位継承権を維持するために必要らしいし、手に入れておけばフェフの正統性を主張できるし、いざとなればそれを交渉材料にすることだってできる。

俺のクエストに必要ってこともあるけど、それは事態が収束した後でもう一度手に入れるって方法もある。

問題がフェフにとってのハッピーエンドなら、後でダンジョンにもう一度挑戦することぐらい許してもらえるだろうし、バッドエンドならルフヘムと俺との関係も最悪になっているだろうから遠慮する必要がなくなる。

「あの……アキオーンさんの意見もいいと思うのですけど、まずは国内の状況を知ってから動きたいです」

フェフがおずおずと言う。

なんか怖がらせているみたいで心外だ。

とはいえ、こんなところでおっさんが拗《す》ねてもかっこ悪いだけなので、気にしていないの笑顔を浮かべる。

「うん、わかった」

そういうわけで、スリサズが偵察に行くことが決まった。

「ええと、それじゃあ」

「でも、その前に」

だけど。

そうなったらなったで、なにも持たせずに行かせる俺ではない。

【影の住人】があるから大丈夫だとは思うんだけど、斥候用の装備を渡して隠密《おんみつ》と生存能力を上げても問題ないよね。

と、いうわけで。

革鎧《よろい》とフード付きマントとブーツの静寂シリーズ。【ゲーム】内だと魔物発見率アップと奇襲成功率アップの効果がある。

奇襲ができるってことは見つかりにくいってことだよね。

あと、攻撃力は低いけど麻痺《まひ》付与効果のある狩人《かりゅうど》のナイフ。

「これでどうだ！」

「おお！」

さっそく着てみたスリサズはうれしそうにくるくる回る。

「とっても軽いです！」

「それはよかった」

「ありがとうございます！」

「「いいなぁ」」

うれしそうなスリサズの横で、フェフとウルズがじとっと見てくる。

ええ……。

「要る？」

「私たちもお役に立てるようになりたいです！」

いや、それってなんかおかしいような？

おかしいよね？

「う～ん、まぁいいか」

これから危険なことがあるかもしれないんだし。

というわけで、ウルズには魔法使い用の大魔導士シリーズを。

フェフには精霊使い用の風水師シリーズを。

後は耐性アップの各種護符や指輪とかの装飾品を付けられる限り。

三人が新しい恰好《かっこう》を喜ぶ。

こうしていると女の子だなぁって感じだ。

きゃっきゃしている三人を見てると癒やされる。

スリサズを見送って一か月が過ぎた。

その間にドワーフ王に会ってお酒を求められたり、商業ギルドにお酒を求められたり、宿の親父《おやじ》にお酒を求められたり、通りがかりの人にお酒を求められたりした。

お酒しか求められていない。

お酒の人として有名になって、子供のドワーフにまで「あ、お酒の人だ」と指差される始末だ。

というか、お酒の力が偉大すぎる。

お酒を配っているだけで革命できそうな勢いだ。

最後のは冗談だけれど、それだけドワーフはお酒が大好きだ。

造っている分を次々と売りに出していたのも悪かったのかもしれない。あいつのマジックポーチには無限に酒が入っていると噂《うわさ》になっているとか。

お酒以外ではドワーフ王がいろいろと便宜を図ってくれた。

王宮を見学させてくれたり、そこから繋《つな》がっている各種工房も見せてくれた。

フェフたちが興味深くそれを見ているのがうれしかったのか、それとも彼女たちの正体を見抜いた上でのことだったのかはわからない。

長く石造りの空間にいると息が詰まるのだけど、それはドワーフたちも同じようで、山脈の中腹に出る通路を教えてくれた。

以前の人生でも本格的な登山をしたことはないので、こんな高い山から地上を見下ろすという経験がない。

すごく壮大な気分にさせてもらえた。

そんなこんなな日々の後でスリサズが帰ってきた。

ご褒美のかつ丼をスリサズが食べ終わるのを待ってから尋ねる。

その間、俺たちはうどんを食べていた。

お酒を売っているからなのか、あちこちで御馳走《ごちそう》してもらえるのだけれど、ドワーフ料理はとにかく味付けが濃い。三食あの濃い味付けはさすがにしんどくなっていたので、うどんのあっさり味が染みた。

「思った以上にひどいです」

スリサズが言う。

商業ギルドで聞いた、現王派と王子派、庶民派で争っているというのは変わらない。

現王派の勢力が強いというのもそう。

だけど、本当の問題は世界樹にあった。

「王子の世界樹はやっぱり枯れています。王がお亡くなりになったというのはやっぱり嘘でしたけど、王の世界樹も病気に」

「「ええ！」」

スリサズの報告に二人が驚く。

「王は新たな世界樹を手に入れるために豊穣の樹海へ入っています。王子も向かったのですが力及ばずに戻ってきたみたいです。庶民派は王族の世界樹が全て朽ちようとしているのは、世界樹が時代の変化を求めているという主張で活動しています」

「ナディは？」

「あの人は庶民派だったみたいです」

庶民派は商業ギルドを占拠しているのだけれど、ナディはそこに出入りしているのだそうだ。

「ナディ……私を騙《だま》そうとしたのですね」

フェフの声が暗い。

彼女はフェフたちを騙し、ルフヘムへと連れ庶民派で確保しようとしていた。

「でも、どうしてそんなことを？」

「……目的は、世界樹の育成方法でしょう」

俺の疑問にフェフが答える。

「世界樹の育成方法はルフヘム王族の秘中の秘です。つまり、いま知っているのは現王と異母兄と、私だけ」

現王と異母兄は派閥に守られていて手が出せない。ナディがフェフを探しに来たのは、賭けでもあったんだろう。

逃げ出したのは知っていたのだから。

あと、気になることがもう一つ。

「現王ってそんなに強いの？」

世界樹の加護という話があったし、ダンジョンに入るのは王一人だけという話もある。

ダンジョンで、そんな貴重品を手に入れることができる階層まで一人で行けるというのは、かなりの強さの証拠だと思う。

「はい。一人で豊穣の樹海の奥地に行けるほどには」

「なるほど」

フェフの答えは変わらない。

つまり、直《じか》でその強さを目撃したことはないということか。

いざという時にはその王様と戦うことも考えないといけないいんだけど……。

アイズワのダンジョンだと何階ぐらいに当たるんだろう？

あれからほぼ毎日黄金サクランボは食べているので、あの頃よりもまたかなり強くなっているんだけど。

「派閥の争いってどんな感じなの？」

「それぞれの派閥の者が出会っただけで戦闘になるほどです。ルフヘムの街はあちこちでそういう争いが起きています」

うわ、物騒。

幕末の京都かな？

「優勢なのは？」

「やはり現王派です。豊穣の樹海に入って新たな若芽を持ち帰ることを期待している人は多いですから、付き従う数も違います」

「……兄は？」

フェフが控えめに尋ねる。

「正直、かなり危ないです。噂通りに自分の若芽が腐ってから他の兄弟たちを殺して回ったし、豊穣の樹海から逃げ戻ったことでさらに味方を失っています」

「そう……」

ふふっとフェフの唇が引きつった。

暗い喜びに浸っておりますな。

「さて、情報は出揃《でそろ》ったかな？」

その他、いろいろと細かい話を聞いた後で俺は三人を見回した。

「それで、どうする？」

このまま静観していたら現王が勝ってしまいそうだ。

豊穣の樹海で次の世界樹の若芽を手に入れられるのが現王だけなら、勝ちは動きそうにない。

だけど問題は世界樹が罹《かか》っているという病気。

この問題を解決できなかったら、若芽を手に入れてもまた腐るだけかもしれない。

そしてその時には、現王の世界樹も完全に腐って、彼も力を失っているかもしれない。

けっこうぎりぎりの状況だよね。

そんな中で、フェフはどうするつもりなのか？

「世界樹の若芽を手に入れます」

「よし、それなら……」

「でも、アキオーンさんだけに行かせるつもりはありません！」

「え？」

「私たちも行きます！」

「あ、危ないよ？」

「だってもう、ここの濃い料理は嫌なんです！」

泣くほど!?

そしてその理由!?

「わかります！」

ウルズまで泣きながら頷く。

でもまぁ気持ちはわかる。

ドワーフ料理はとにかく味が濃い。

肉食に目覚めたフェフたちとはいえ、毎食調味料がたっぷり使われた料理は俺でさえきつかったのだから、彼女らの胃ももたれたことだろう。

エルフとドワーフがわかり合う日はまだ遠いのかもしれない。


ドワーフの国ガンドウームからルフヘムは馬車で二日か三日、徒歩だと五日から十日と聞いている。

徒歩でこんなに差があるのは、小国家群の内部には魔境の残滓《ざんし》が残っていて魔物がよく出てくるからだ。馬や馬車なら逃げ切れるかもしれないが、徒歩だとそうもいかないという理由だ。

フェフたちを担いで走る俺だと一日だった。

二人をそれぞれの腕で抱えて、スリサズは影に入っていてもらう。

もっと早く着けたかもしれないけれど、これ以上は抱えている二人が虹を吐きそうだったので、速度を抑えた結果がこれだった。

「ぐえぇ……」

「うぇぇ……」

ルフヘムの街から少し離れた場所で下ろしたら死にそうになっていた。

ギリギリ虹を吐かない境界線だ。

「二人だけずるいです！」

ずっと影に潜んで元気なスリサズが抱っこを要求してくる。

やっぱり子供だなぁとしばらく抱っこしてから野営の準備。

復活できない二人はテントの中で寝かせて焚火《たきび》の支度をする。

焚火の上で湯を沸かしてお茶を淹れる。

紅茶、牛乳、ハチミツでハニーミルクティ。

【ゲーム】でちょっとリッチなウッドチェアを出して景色を楽しみながらティータイム。

二人でまったりと時間を過ごす。

夕方にはフェフたちが復活してきた。

二人はまだ食欲がなさそうだけれど、スリサズはしばらく隠密生活をしていたので美味しいものに飢えている。

考えた結果、鍋にした。

水炊き。

焚火の上に鍋を置ける網台を用意してぐつぐつ煮ながら食べる。

これなら野菜がメインだし、各々食べたい物を選べばいいだけだから問題なし。

疲れた顔のフェフとウルズは白菜などを取る。

スリサズは鶏肉《とりにく》と豚肉を美味しそうに食べる。

うん、ゆずポン酢が美味しい。


食べ終わって食後休憩をしたらフェフたちも復活したので行動を再開する。

夜の内にルフヘムに潜入して豊穣の樹海に入るという段取りだ。

潜入するための道はある。

フェフたちが脱出する時に使った地下通路だ。

通路と言っているけれど誰かが手を入れてできているわけではなく、地下水の流れで自然にできた穴があるというだけ。

フェフたちは遊び回っていた子供の頃に偶然それを見つけていて、内緒で外に冒険をしていたこともあるそうだ。

スリサズが事前に調べてみたけれど、そこはまだ誰にも見つかっていなそうだったというので、今回もそれを使う。

狭くて、冷たい水が流れていてそして長い。

無数の根が上から生えていて、それが天井の役目を果たしているのだと思う。

それ以外は湿り気たっぷりの泥一歩手前みたいな土ばかり。

四《よ》つん這《ば》いで進むのだからけっこうきつい。

これを抜けようっていうんだから、子供の頃の好奇心ってすごいよね。

俺だったら途中で戻れなくなることを想像して、怖くて入れないかもしれない。

いや、入れない。

しばらくがんばって進んだ結果、出た場所はルフヘム内にある林だ。

ルフヘム内にある区画の中で商人や旅人などが入れる一番外の区画のその次、一般市民たちの居住区だそうだ。

この奥に貴族が入れる区画。さらに奥に世界樹と城、そして王族の住む区画がある。

視界をぐるりと回せば、街全てを覆い隠しそうなほどの樹木がすぐに目に入った。

あれが世界樹か。

ふと気付いて周りを見ると、木々の間になにか見たことのある植物があった。

近づいてみると、白菜だ。

さっき鍋で食べたのと同じようなものがあちらこちらに生えている。

それだけじゃない。

人参《にんじん》もある。

あれは大根か？

キャベツ、ホウレンソウ……いろいろな野菜がそこら中に生えている。

「え？　ここ畑？」

「違います」

【ゲーム】から出したタオルで体を拭きながらフェフが答えた。

「これが世界樹です。世界樹の根からはいろんな植物が生えてくるんです。ここにある木々も世界樹の一部です」

そう言われて顔を上げてみる。木々には実が生《な》っているのだけど、栗《くり》やらリンゴやら葡萄《ぶどう》やらが混沌《こんとん》とぶら下がっていた。

「季節を問わずに生え続けるので、ここにいるだけで食べ物には困りません」

「それはすごい」

俺の【ゲーム】もたいがいだけれど、この世界樹も存在がチートだ。

その上で加護を与えた契約者には単独でダンジョン攻略ができるぐらいの実力を与えるというのだから、ほんとにチートだ。

こんなものがあるのだから、それを失った王子が暴走したり、民衆が王族からその特権を奪おうとするのも納得なのかもしれない。

特に現王の世界樹が病気になっており、さらに後継者たちが持っているはずの若芽も争いで滅んでいるとなれば暴走は不可避だろう。

「さ、行きましょう」

スリサズの案内で街を進む。

念のためにフード付きのマントで顔を隠す。

街に人の気配はほとんどなかった。

繁華街みたいなところがあるのだけれど、明かりのついた店はほとんどないし、そこを行きかう人の姿も寂しい。

あっちこっちで暗闘とは言い難いような表立った刃傷《にんじょう》沙汰が頻繁に起きて、敵味方がはっきりしないことが原因なのか区画ごとの警備はかなりに雑になっているらしい。

区画の出入りを管理する門には人がいるものの、区切る壁を見張る者はほとんどいない。

だから、壁の前まで来て、フェフたちを抱えて俺が跳べばいい。

ぴょんと跳んだところで、どこからか怒号と金属の打ち合う音、それから弾《はじ》ける光を見た。

戦闘が起きたようだ。

その騒ぎでこっちを見る人はいないだろうなと思いつつ、俺は壁の向こうに着地した。

そんなことを繰り返して、俺たちはダンジョンのある城の区画に入った。


エルフの城は世界樹の前にポツンとあった。

大きさはそれほどじゃない。

アイズワにある役所と同じぐらいかもしれない。

ただ、小さいけれど強固そうだ。

「豊穣の樹海への入り口は城の中にあります」

警備はさすがに厳重そうだけれど、スリサズが影に潜んで偵察し、人気《ひとけ》のない場所を見つけたらフェフたちを抱えて壁を飛び越えて内部に入り込み、同じように偵察をしてもらいながら奥へと進んでいく。

とはいえ、誰にも見つからないまま進めるのはここまでだ。

そこは城の一階の奥にあった。

長方形の空間の奥に立派な門がある。

あの奥に豊穣の樹海というダンジョンの入り口があるのだろう。

門はしっかりと閉じられ、門の前に二人、その途中にも何人かの兵士が哨戒《しょうかい》している。

「これは見つからないままは無理だね」

「どうします？」

「……一気に全滅させてから入るか、強行して門を壊して入るか」

「あの門、壊せますか？」

「やってみないとわからないけど、できるんじゃないかな？」

うん、できる気がする。

「できれば殺したくないので」

「わかった。気を付ける」

俺は【装備一括変更】でゴーストナイト装備に変化する。

「囮《おとり》になるから機を見て門に向かって。みんなが到着したら俺も行く」

「はい」

「じゃあ」

物陰から出て堂々と歩いていく。

「な、なんだ!?」

「何者だ！」

誰何《すいか》の声がこの場にいる兵士たちの意識をこちらに向ける。

外の誰かを呼ばれたらさすがに面倒なので【挑発】を使う。

敵の意識をこちらに引き寄せるスキルだけれど、効果は抜群だったみたいだ。

「「うおおおお！」」

門の前にいた兵士たちまで血相を変えて俺に向かってくる。

これで、すぐに誰かを呼ばれるってことはなさそうだ。

三人がそれを好機と見てくれて、飛び出す。

よし、気付いてない。

ていうか【挑発】の威力が前に使った時よりすごい気がする。

ステータスの影響かな？

すごく血走った目でこっちを睨《にら》んで、やたらめったらに武器を振り回している。

鬼気迫りすぎて怖いな。

幽茨《ゆうし》の盾で受けているのだから叩きつけるほどに自分も傷ついているんだけど、それを気にしない勢いで攻撃を繰り出してくる。

よし、三人が門に到着した。

考えていた鎮圧用のスキルの組み合わせを試してみる。

【威圧＋4】と【眼光】だ。

この間の『夜の指』や『獄鎖』を襲撃した時に手に入れたスキルたちだ。

「「「ひうっ！」」」

さっきまでの我を忘れた怒りはどこへやら、兵士たちは急に血の気の引いた顔になるや、そのまま意識を失った。

「そこまで？」

バタバタと倒れていく兵士にびっくりしつつ、とりあえず息はしているようなので大丈夫かと思考を切り替える。

門をぶっ壊すつもりだったけど、兵士がこんなになったのならと懐を漁《あさ》ってみると、それっぽい鍵があったのでそれを手に門のところに行く。

「だ、大丈夫ですか？」

「うん、殺してないよ」

「いえ、アキオーンさんが」

「え？　ああ……大丈夫だよ。ありがとう」

フェフたちの心配に笑顔……兜《かぶと》があるから表情はわからないから、なるべく明るい声で答えておく。

それから手に入れた鍵を試してみると、やはり門が開いた。

その奥に以前にも見た謎の光の渦な入り口がある。

「よし、行こうか」

二度目のダンジョンに期待しながら、入り口に踏み込む。

「「「うわぁ」」」

目の前に広がった光景に三人が声を上げる。

森だ。

世界樹らしい緑溢《あふ》れるダンジョン。

前のダンジョンの時にあった大木が並んでいるようなのではなく、そこら中に藪《やぶ》や太い木の根があってそれが壁になって道を形成している。

そういえば久しぶりのパーティだ。

ウッズイーター戦はパーティというよりはMMOでいうレイド戦みたいな感じだったし、なにより一人で一か所を担当していたので、実質はソロみたいなものだった。

それ以外となると……あの二人になるんだよなぁ。

「ともあれ、俺が前衛だね。スリサズは後ろの警戒よろしく」

「はい」

「フェフとウルズは遠距離攻撃と補助を」

「「はい」」

「じゃあ、前進」

とりあえず進んでいく。

しばらくすると魔物が出てきた。

『プラントゴブリン：寄生植物に操られたゴブリン』

体中に蔓《つる》植物を張り付けたゴブリンたちが襲い掛かってくる。

「おまかせください！」

フェフが【風精シルヴィス】を起動し【風刃】を飛ばす。

「私も！」

ウルズも【火矢】を使う。

二人の攻撃でプラントゴブリンは近づく間もなく倒れていった。

「この調子なら最初はすぐに終わりそうだね」

「「はい！」」

やる気に満ちた三人を見て、最初は彼女たちに任せようと決めた。

09 ダンジョンアタック！

順調に進んでいく。

出てくる魔物はゴブリン、ダンジョンウルフ、ダンジョンモンキーなど。

ただし全部にプラントの冠が付いている。

寄生植物怖い。

気が付いたら俺たちもいつの間にか……とかなってないといいんだけど。

基本はフェフたちに任せているんだけど、数が多い時は【挑発】で攻撃を引き受けるという盾役をこなした。

何体か倒したのだけど、手に入ったスキルは【植物共感】というものばかり。

前のダンジョンだと植物系の魔物からスキルって取れなかったはず？

寄生植物の方がメインじゃなかったのか？

寄生して操られているけど中身はまだ生きているから？

よくわからない。

スキルの成長は＋４で止まってしまった。

同じスキルが手に入ったら成長するけれど、＋が重なっていくと一度では成長しないってところかな？

ただ、このダンジョンにある植物はまったく言うことを聞いてくれないので、役に立たず。

フェフやウルズのスキルも強力だけれど、もっと成長していたのはスリサズの【影の住人】だった。

一か月の隠密《おんみつ》生活でスキルとしての熟練度的なものが積みあがったんだと思うけれど、【影移動】【影襲撃】【影槍《かげやり》】などの派生スキルを次々と繰り出していた。

それを見た他の二人が躍起になってスキルを使いまくっていた。

そんなこんなでダンジョンに入って二日目で十階の奥に到着した。

ボス部屋だ。

「さて、みんな、いいかな？」

「「「……だめです」」」

よくなかった。

三人とも疲れ果てている。

競うようにスキルを使ったし、一気に十階に来たからね。しかたない。

とはいえ、休憩をするより、勢いのまま進みたい。

というか、俺が元気だ。

「じゃ、ここのボスは俺がやるね」

「「「はい」」」

しょんぼりと同意された。

ここが終わったら長めの休憩をしようと決めて、ドアを開ける。

その先には森の中にポツンとできた広場のような空間があった。

『プラントマンイーター：自立した肉食植物』

中央に鎮座していたのは蔓《つる》系植物で編み上げられた巨大な人型だ。

顔と腕が異様に大きく、どことなくゴリラのような雰囲気がある。

赤と緑で奇妙な点滅をしているなと思ったけど、違った。

体を構成する蔓がハエトリソウのようになっていて、それが開閉する様子が奇妙な点滅に見えていたのだった。

「うわぁ、きもい」

俺が一歩近づくごとに点滅が早くなっているように見えるのは獲物を感知して興奮しているからなのかもしれない。

次第に雨に当たったかのように濡《ぬ》れ光り出す。

あちこちから溶解液が溢《あふ》れ出《だ》しているのだとわかった。

接近戦で長々と戦えば、あの溶解液を全身で浴び続けることになる。どれぐらいの威力なのかわからないけれど、装備や体がかなりひどいことになりそうだと思った。

だから、やるなら一発だ。

【制御】をいったん解除。

【夜魔デイウォーカー】に【身体強化】や【斬撃強化】なんかのスキルを使って能力を底上げする。

さらに幽毒の大剣を【血装】で強化し、一気に突っ込み、大上段で真っ二つに……。

ボン！


「へ？」

剣先が触れたかどうかのタイミングでプラントマンイーターが爆散した。

なんで？

「ええと……」

状況がわからずに振り返ると、なぜかフェフたちが転んでいた。

「なに？」

「勢いがありすぎです！」

フェフが叫んだ。

勢い？

「アキオーンさんが地面を蹴ったらすごい風が来ました」

「飛ばされました」

「びっくりです」

「あ、ああ……」

なんとなく、わかった。

反動？　反作用……か？

前に進もうと地面を蹴った力は後ろにも向かうから、それがフェフたちを吹き飛ばしてしまったらしい。

そんなすごい反作用が起きたのだとしたら、前に進んだ力もかなりすごかったわけで……で、それらの力の乗った剣先の速度や、そこにこもった力はさらにすごかったわけだから、それで爆散した?

「なにそれこわい」

ステータスの上げすぎか?

いやいや、でもまだ表示限界になっていないわけだから……ねぇ?

とはいえ、これはもう簡単に【制御】は外せないかな。

「おっ」

プラントマンイーターがいた後に宝箱が現れた。

十階クリアのご褒美宝箱だ。


『マジックポーチ：低級。内部には5×5×5㎥の空間がある』


俺のと同じマジックポーチだ。

外見がちょっと違うかな。

ともかくこれはフェフたちに渡す。

遠慮されたけど、同じものを持っているしと言って押し付けた。

それから、プラントマンイーターからはスキルを奪えなかった。

爆散が原因なのか、他の階の魔物のように吸血できる存在がいなかったからか。

後者かなぁ。

その後は現れた階段を使って十一階に辿《たど》り着《つ》くと、そのすぐ側《そば》で休憩することにした。

休憩とはすなわち食事。

「なにが食べたい？」

「「「天丼!!」」」

三人の声が重なった。

いいねぇ。

というわけで天丼を出してみんなで食べる。

タレの染みたご飯と天ぷらのコンボがたまらない。

三人はほっこりした顔で食事を済ませると、そのまま気絶するように眠ってしまった。

テントの中に三人を入れて寝かせる。

俺はお茶を淹《い》れてテントの前でウッドチェア……は鎧《よろい》を着ていると狭いので折り畳みのベンチを新たに出してそれぞれに座る。

それぞれに獲得したスキルのおかげで三人は強い。

だけど体力が追い付いていない感じだ。

特にいまは強行軍をしているので疲労がすごい。

「もっとのんびりでもいいかな？」

と思っているし、提案もしたのだけど三人は強行軍を止《や》めなかった。

やっぱりこの国を見捨てられないんだろうな。

「寝てる間にさっと行ってこようかな」

感覚的にアイズワのダンジョンよりちょっと手強いぐらいの難易度だと思う。

だけどそれぐらいだ。

いまの俺なら全速力で三十階ぐらいまでなら駆け抜けられそうな気もする。

「う〜ん。でも三人の安全確保がなぁ」

それが問題だ。

うんうん唸《うな》りながら、とりあえず三人の睡眠を守り続けた。

††ルフヘム王子††

王城で起きた事件が王子の耳に届いたのは、朝になってからだった。

「樹海に侵入者だと!?」

樹海とは、ルフヘムの至宝が眠る豊穣《ほうじょう》の樹海というダンジョンのことだ。

ダンジョンの深層に世界樹の若芽が手に入る階があるため、ここに入ることができるのはルフヘムの現王だけとされている。

現王が世界樹の若芽を取り、それを後継者候補たちに育成の秘術とともに渡す。後継者候補たちは自身の世界樹を育て、王に選ばれた者は先王と他の後継者たちだった者が育てた世界樹を破壊し、最後の成長の糧にするというのが、ルフヘム王族の習わしだ。

だがいま、ルフヘムではその習わしとともに王族そのものが崩壊の危機を迎えていた。

王子が世界樹の育成に失敗したことを原因に暴走し、弟妹と彼らが育てていた世界樹を排除したのだ。

その後で新たな世界樹の若芽を現王からもらうつもりであったのだが、ここでさらなる不幸がやってくる。

豊穣の樹海に現王が入ってしばらくした後、国を覆う現在の世界樹が変調を見せ始めたのだ。

常緑のはずの葉がところどころで紅葉を見せ、国内のあちこちで実る果実や野菜の味が悪くなった。

世界樹の異変は、即《すなわ》ちその加護を得ている現王の異変だというのが、エルフたちの共通認識だ。

樹海の中で現王になにか異変が起きていることは想像するに容易《たやす》いが、それを確認に向かうにはルフヘム王家の習わしが邪魔をする。

樹海に入ることが許されるのは現王のみ。

その掟《おきて》が、他の者たちが樹海に入ることを躊躇《ためら》わせている。

王子も掟を破って一度は樹海に挑んだが、力及ばず撤退することとなった。

そして、そのことが原因で王の忠臣たちが現王派として城を占拠し、何者をも入れさせないという固い決意を見せて籠城することとなってしまった。

「誰が……」

その声には焦りが宿っている。

王子の立場は微妙だった。

弟妹に手をかけた横暴も、現王が生きていればまた世界樹の若芽を手に入れることができるという思惑があってのものだった。

現王は抜きんでた力を持つ故か家族を含めたあらゆる他者に対して冷淡で、王としての義務以上の感情を何者にも向けてはいない。

弟妹を殺しても、それを理由に王子を罰するとは思えないと考えていた。

一番下の妹であるフェフが生まれた後は、女と交わるのすら鬱陶しいとでもいうように妃《きさき》たちをみな遠ざけたことも、王子の考えを補強させた。

そして、その考えは正解だった。

現王は王子を罰さず、新たな世界樹の若芽を手に入れるために樹海に入った。

しかしそれから、戻ってこない。

そして世界樹の変調。

いま、ルフヘムという国は存続が危ぶまれている状況にある。

そしてその元凶は、間違いなく王子である自分がしでかしたことだ。

だが同時に、樹海に入ることが許されるだろう王族もまた王子一人であるがゆえに、ルフヘム国民たちは王子を憎みながらも掟を破ることを恐れて、手を出せないでいる。

……しかし、そんな状況も崩れつつあった。

今の王族が崩壊したのなら、早くに新たな王族を決めるべきだと主張し、豊穣の樹海の開放と世界樹育成の秘密を求める庶民派という存在が現れたのだ。

「くそ……」

なにもかもが裏目になってしまった残念な王子は、焦りだけが募って心が焼かれていく。

樹海に入ったのは誰か？

庶民派か？

それとも……。

王子は末の妹が生き残っていることを知らない。

「……行くしかないか」

ここで考えていても、樹海に入り込んだ者が誰かなんてわかりようもない。

王子としての逆転の方法は、現王が帰ってくるのを信じて庶民派からの攻撃にひたすら耐えるか、再び樹海に入って自身の手で世界樹の若芽を手に入れるかしかない。

いまの世界樹が無事なら、王子は大人しく待っていただろう。

だが、世界樹の紅葉は収まる様子はなく、採れる果実や野菜の味の劣化も止まる様子がない。この質では食べる分には我慢することができても、国外に売りに出すことはできないし、加工も難しい。味が落ちるとともに、腐るのも早くなっているのだ。

民の日々の不安が庶民派に力を与えている。待てば待つほどに王子は窮地に立たされることになる。

我慢ができる性格であれば、そもそも弟妹を殺そうなんて考えるはずがない。

王子は誰よりも権力に固執し、そして短気であった。

「行くぞ」

自分の未来は自分の手で切り開く。

それだけを見れば美しい言葉なのだが、王子のそれは自業自得が極まった末でしかなかった。

††フェフ††

目を覚ました。

ここは……テント？

ああ、思い出した。

十階のボスを倒して次の階層に入って食事休憩して……そのまま眠ってしまったのだ。

両隣にはウルズとスリサズが同じように眠っている。

【風精シルヴィス】を使って風の流れで周囲を確かめると、テントの前でアキオーンさんが椅子に座っているのがわかった。

不寝番をしてくれていたのかと思うと、罪悪感と情けなさが胸を打つ。

自分はなにをしているのだろう？

ナディにルフヘムが危ういことになっていると聞いて一度は揺れたけれど、すぐに自制した。

だけどその後で、アキオーンさんが世界樹の若芽や妖精祝福の木材を必要としていると聞いて、大義名分ができたと思ってしまった。

同族の国から逃げ出して人間だらけの王国に来て、「どうしてこんなことに？」「どうして私が？」と理不尽を嘆き、兄を恨み、そして助けてくれなかったエルフを憎んだ。

人間はただただ恐怖の存在でしかなかった。

どうやって生きていけばいいのかさえわからなかった。

そんな中で手を差し伸べてくれたのが、アキオーンさんだ。

あの人がいなければ、私たちはすぐに飢え死にしていた。

あるいはもっと早くに正体がばれて、奴隷にされたり、あるいはもっとひどい運命が待っていたのではないかと思う。

だから、アキオーンさんに恩返しをしたいのは本当。

だけど、恩返しが国に帰る大義名分に利用できると思ったのも本当。

国に戻ってなにがしたいんだろう？

ナディの態度がおかしいことに気付いて、アキオーンさんがドワーフの国で情報を集めてくれて、スリサズがその目で状況を調べてくれた。

とてもひどい状況なんだとわかった。

まさか、いまの世界樹が病気になるなんて。

アキオーンさんはわからなかったみたいだけれど、フェフたちはルフヘムに入ってすぐに異変に気付いた。

地面に落ちている落ち葉の数が異常なのだ。

手入れされていないという話ではない。そもそも、世界樹の葉はちぎり取らない限りはそうそう落ちるものではないのだから。

この国は終わりが近づいていると、はっきりわかった。

国に戻ると決めた時に、自分が女王になる可能性を考えた。

始まったばかりだったアキオーンさんとの生活が終わってしまうのだと考えると、寂しくてたまらなかった。

知らないふりして、王国でアキオーンさんと楽しく暮らせばいいんじゃないかと考えた。

彼はいまだに相手にしてくれていないが、もう少しがんばれば自分たちだってちゃんとした成人女性なんだとわかってもらえると思っていた。

そういうことを全部放り出してまで、ここに来る必要はあったのだろうか？

私はそこまでして、この国のためになにかしないといけないのだろうか？

「起きたのかい？」

「すみません」

もぞもぞとテントから這《は》い出《だ》すと、アキオーンさんはすでに気付いていて、私のためのお茶を淹れてくれた。

「ご飯はみんなが起きてから」

「あの、私はもう大丈夫ですからアキオーンさんが寝てください」

「ん〜、ちょいちょい休んだから大丈夫だよ」

「でも」

「ちょっとね、コツがあるんだよ。アイズワのダンジョンには一人で潜っていたからね。その時に身に付けたんだけど」

大丈夫を繰り返されて、フェフは引き下がるしかなかった。

申し訳ない。

そう思っていると、涙が出てきた。

そんな涙を見せてはいけないと俯《うつむ》いていると、アキオーンさんが声をかけてきた。

「あんまり気負う必要はないと思うよ」

「え？」

「どれだけがんばっても無理なものは無理なんだよ。それが能力的なことなのか性格的なことなのか、あるいはそれ以外なのかとか、理由はいろいろあるだろうけどさ」

アキオーンさんが乾いた笑いをこぼす。

「俺だってふとしたことでこんなに強くなったけど、だからって率先して人助けとか英雄とか勇者みたいなことをしようとか思わないもの。なんでなにもしてくれなかった人たちのために自分が、とかさ、そう考えるのってそんなに異常なことじゃないんじゃないかな？」

「でも、私たちを……」

そんなことはない。

アキオーンさんはいい人だ。

私たちをたすけてくれただけじゃない。街の子供冒険者たちにだって薬草を高く買ってあげたりしていた。

あの子たちの境遇を教えてくれて、昔は自分もそうだったとも教えてくれた。

その時の横顔は忘れない。

「フェフたちに声をかけたのは、本当にたまたま気分がそういうのに傾いていたからだよ。あれがもしも、最初から『国から追われたエルフです』みたいな看板を下げられていたら、俺も逃げてたと思うよ。あの頃はまだそんなに強くなかったしね。あと、子供たちに関してはちゃんと俺が儲《もう》かる算段をしてるからね？」

「でも、いまは……」

「これもちゃんと、俺が得する話じゃない。それに……」

「それに？」

「いまはもう、フェフたちは他人じゃないからだね」

「っ！」

「家族なんでしょ？」

「うう……」

涙が止まらなくなった。

「ここまで来たんだからさ。やることはやっちゃおう。世界樹の若芽を手に入れたからって、もう一回王族をやる必要はないさ。他に王位を欲しがっている連中はいるんだから交渉材料にしてもいいんだし」

「……はい」

「さて……ウルズとスリサズももう起きてるよね？　ご飯にしよう」

アキオーンさんが後ろに声をかけると、びくんとテントが震えた。

†††††

朝ごはんは手で食べられるサンドイッチにカップスープ。

見張りにクレセントウルフを召喚しているからそこまで周りを心配する必要もない。

「あのさ、提案なんだけど」

ご飯を食べて、三人の頭が起きてきた頃合いを見計らって話しかけた。

「これからの攻略なんだけど、二種類の提案があるんだ」

一つはスローペース。

一階攻略するごとにちゃんと休憩をしながら進む。

十階までを急ピッチで攻略したけれど、そのせいでフェフたちはかなり疲弊してしまった。

ダンジョンは下に行けば行くほど攻略難易度は上がっていくのだから、ちゃんと体力を管理する意味でも、じっくりと進んでいくという案。

もう一つは効率化。

さっさと下の階に向かっていくのなら、もっと俺が動いた方がいい。

彼女たちが動いた方が成長できると思ったけど、急いでいるならそれは後回しにすることも考えた方がいい。

「どうする?」

「「「効率化でお願いします」」」

即決だった。

「がんばってみましたが、あんな調子でやっていたらすぐに動けなくなります」

「だからってのんびりしすぎるのも……」

「アキオーンさんのすごいところが見たいです！」

「「あっ」」

スリサズの素直な意見に二人が「ずるい」とか言い出す。

「それなら、俺がやっちゃうよ」

「あっ」

わちゃわちゃしている三人に癒やされながら声をかけると、フェフが声を上げる。

「その前に一つ、いいですか」

「うん」

「私、ルフヘムの王になる気はありません」

フェフは居住まいを正すとそう宣言した。

「世界樹の若芽を求めていますが、これはアキオーンさんのためです。国のためではありません」

「いいの？」

「はい。私は国に戻る気はありません。ウルズ、スリサズ。もしあなたたちが国に……」

「戻りません！」

「フェフ様と一緒です！」

「わかりました。アキオーンさん、そういうわけですので国のことはお気になさらず、存分にダンジョンを攻略してください」

割り切ったなぁ。

「念のためだけど、本当にいいの？」

「はい！　世界樹がなくなったとしても、それでルフヘムが滅ぶわけではありませんし、王族が滅べば豊穣の樹海の制限も意味がなくなります。きっと誰かが世界樹の若芽を手に入れて同じことをするようになるでしょう」

「……なるほど」

国家を維持するのに王族は必要だけど、現状を維持する必要が絶対っていうわけでもないしね。

あっちの世界では民主主義の国にいたわけだけど、あれをそのままここに持ってきたからってうまくいくとは限らない。

ていうか国家なんて重い責任は個人能力チートな俺には荷が重いので思考放棄でいいのです。

まぁともあれ……フェフたちがそれでいいのならいいや。

「それならそういうことで」

妖精祝福の木材のことをさらっと忘れている気がするけど……まぁ、交渉で手に入れようはあるかな。

たとえば世界樹の若芽を二個手に入れるとか。

食事も終わり、テントの片付けも終わり、いざ次の階へ。

実はすでにクレセントウルフを派遣して階段の場所は特定しているのでそちらに向かうだけ。

出てくる魔物はやっぱりプラントを冠した寄生植物に侵されているものばかりだった。

手に入るスキルも【植物共感】ばかりみたいで、時々ぽんと成長する。

二十階に到達した時には【植物共感＋7】になっていた。

そう、二十階のボス部屋前に到着した。

三日ぐらいで。

「ええ……」

「早すぎる」

「わーお」

今回は三人も元気だ。

後ろに回ってきた魔物を任せたりしたけど、ほぼ歩いていただけだからね。

「それじゃあ、行こうか」

「待てっ！」

背後の離れたところからその声は聞こえてきた。

振り返るとエルフの集団がこちらに近づいてきていた。

クレセントウルフの警戒は前に集中させていたから、後ろには弱いんだよね。

「兄上！」

中心に立っているちょっと背の低いエルフがフェフの兄なのか？

言われたら似ている？　ぐらいの似ている感。

「貴様！　生きていたのか!!」

久しぶりに会った妹にその言葉。

殺伐としてるなぁ。

「兄上、私たちは……」

「黙れ！　貴様に世界樹の若芽は渡さん！　行け！」

王子が周りの兵士に指示を出し、彼らも躊躇《ちゅうちょ》なく距離を詰めてくる。

だけど遅い。

クレセントウルフで周りを固めている。

「うっ」

状況に気付いた王子一味の動きが止まる。

「まぁまぁ、ちょっと交渉しませんか？」

俺はフェフたちをかばうように前に出ると王子に声をかけた。

「交渉だと？」

王子が疑わし気に俺を睨《にら》む。

「貴様、何者だ？」

「この三人の保護者……」

「「家族です」」

「……家族だそうです」

保護者と家族の違いは？

「……いいだろう。聞くだけは聞いてやる」

クレセントウルフを見た王子はあからさまな舌打ちを漏らしてから、そんなことを言う。

「心配しなくても、別に協力しましょうなんて言いませんよ」

「ではなんだ？」

「競争にしましょう」

「競争だと？」

「お互い、目的は別にあるのですし、こんなところで消耗戦をしないのが正しいでしょう。なので干渉せずにダンジョン攻略に勤《いそ》しみませんか？」

「…………」

「そちらも欲しいのは世界樹の若芽でしょう？」

「む……」

「まずはそれを手に入れなければ話にならないのでは？」

「むむむ……」

手応えあり。

【交渉＋1】がいい仕事してくれるなぁ。

「競争とは、具体的にはどうするつもりだ？」

「簡単です。先に世界樹の若芽を取った方が勝ち。そちらが先に取ればこちらは王位継承権について意見を挟むことはない。こちらが先に取った場合は、もう命を奪うようなことはしない」

「命だと？」

「はい」

やっぱりちょっと引っかかったか。

まぁ、フェフにしたことへの嫌味だしね。

ともかく、こっちが「王位に興味がない」とか言っても信じてくれるとは思えない。世界樹の若芽が欲しいのは事実だし、それを持っていることが、即ちルフヘムの王位に関係する立場って考え方もできるわけだし。

かといって欲しくもない王位を狙っているみたいな話になって、争うのもバカバカしい。

だから、「競争」ということにした。

王子が先に取れば、王位は彼に。

こちらが先に取っても、襲ってこない。

つまり、こっちが取っても王位は要らないよってことなんだけど、はたして彼は理解しているのかどうか。

いや、納得してくれるかどうか、か？

九分九厘ないと思うけどね。

フェフたちからの話を聞く限り欲深い性格のようだし、いまここにいる本人の顔色を見る限り焦っているようにも見える。

「……ふん。信じられんな」

「では、ここでやり合いますか？　それでもこちらは構いませんが、その代わり、あなたが勝ったとしてもただで済むとは思いませんけど？」

「…………」

「成果もなく時間を無駄にすることになってもよろしいので？」

「ちっ。いいだろう」

「ありがとうございます」

「だがその代わり、その部屋に入るのは私が先だ！」

「……しかたありません」

俺はフェフたちを促してドアの前から離れ、クレセントウルフを王子たちとの間に配置する。

交渉はしたけど信じてはいませんよという態度。

向こうも慎重な足取りで俺たちの側を通り抜け、ボス部屋へと入っていった。

「……よかったのですか？」

「よくないところってあった？」

「いえ……」

フェフがプルプル震えている。

怒ってる？

いや、違うよね。

「滑稽ですね。こちらはもう……王位なんて興味ないのに……あんなに必死に……」

怨敵が空回りしてる姿は、きっと面白いだろうねぇ。

「でも、どうして戦わなかったのですか？」

「ああ、それは……王位継承者がいなくなったら、フェフを代わりにって言い出す人が出てくるかもしれないからね」

スリサズの質問に答える。

それに、自分の手で身内を殺すって褒められたことじゃないからね。

ここのボスに勝てるかどうかも、さらに世界樹の若芽を取るところまで行けるのかどうかも知らないけど、途中で死んでくれればこっちは手を汚さなくて済む。

そんな経験は、できればフェフにはさせたくない。


ガチャン。


ボス部屋のドアに鍵のかかる音がした。

戦いが始まった。

「じゃあ、休みながら開くのを待っていようか」

「「「はい！」」」

とはいえ、がっつりご飯ってタイミングでもないし。

こういう時は……。

「お菓子かな」

「「「お菓子!?」」」

三人の期待の視線に刺されながら【ゲーム】を起動。

なにを出そうか……？

いろいろクラフトしてるから倉庫を確認して……。

あ、これがいいかも。

「というわけでフルーツタルトをドーン！」

「「「わぁ!!」」」

テーブルとお茶セットも出して四人でティータイムを楽しんだ。

フルーツの甘酸っぱさとその下にあるカスタードクリームの甘味、そしてタルト生地の硬めの触感。

ああ、甘味に癒やされる。

三人もうれしそうだ。

さて……一時間は経《た》ったかな？　っていうぐらい。

フルーツタルトも食べ終わり、周りをクレセントウルフに守らせてまったりしていると、ガチャリと鍵の音がした。

「開いた？」

「開いた……のかな？」

テーブルなどを片付けてからボス部屋の扉を開けた。

開いた。

中にはボスがいた。


『プラントマンイーターアネモネ：プラントマンイーターの統率者。それあるところ、肉あるものに生きる術なし』

【鑑定】の説明文が怖すぎる。

蔓系植物でできたイソギンチャクみたいなので、十階で戦ったプラントマンイーターのように蔓の部分がハエトリソウの口のようになっている。

相変わらずきもい色変化を繰り返していたそれは、俺たちの存在に気付くなり、分裂を始めた。

プラントマンイーターを次々と吐き出し数を増やしていく。

これずっと増えるパターンの奴《やつ》だ。

「三人は近づいてくる奴だけを狙って」

「「「はい」」」

三人に指示を出し、俺は彼女たちの前に出ると【炎波】を放った。

植物には火かと思ったけど、含まれた水分のせいか勢いよく燃えるということにはならない。

とはいえ、俺の魔力に支えられた【炎波】の威力は高いので抵抗された時間はほんのわずか。

後はひたすらに燃えまくった。

でも失敗した。

煙がすごい。

フェフが【風精シルヴィス】で煙を遠くに飛ばしてくれたので助かったけど、そうじゃなかったら大変なことになっていたかも。

戦闘時間は五分ぐらいだったと思う。

煙が去るのを待っていると、プラントマンイーターアネモネがいたところにご褒美宝箱があった。

「なにが出るかな？」

「「「なにが出るかな～？」」」

おっさんネタに無自覚に付き合ってくれる三人とともに中を確認する。

「ん？　これは……」

見たことがある宝石だ。


『スキルジュエル：【植物共感】のスキルが手に入る』


またこれか。

なんか、ここまで来ると意味がありそうだな。

フェフたちと相談し、俺が使う。

が、スキルに変化なし。

これは……レベルアップするための経験値に化けたけど、レベルアップするほどじゃなかったってことか？

なんだそれぇ？

「そういえば、兄はどうなったのでしょう？」

「先に進んでいればわかるんじゃないかな？」

がっかりしながら、俺たちは階段を下った。


階段を下るとそこには疲れ切った顔の王子とその一行がいた。

もしかしたら数も減ってるかもしれない。

「お前たち……」

王子は信じられないものを見るような目をこちらに向けている。

誰も彼もが疲労困憊《ひろうこんぱい》のようで、俺たちが現れても立ち上がる様子がない。

「それじゃあ、お先に」

「ま、待て！」

こちらが通り抜けようとしていると王子が慌てて声をかけてきた。

「なぁ、手を組まないか？　いまなら……」

「すみませんが、すでに競争の約束をしましたよね？」

「フェフ！」

俺では話にならないと思ったのか、フェフに向かって叫ぶ。

だけど、彼女の対応も一緒だ。

「兄上、私は自分が王にならなければ誰でもいいのです」

「それなら……」

「でも、あなたに手を貸す理由もないのです」

「フェフ!?」

「どうか、ご自分で試練を乗り越えてください」

「ぐっ……」

王子の視線から殺意が感じられたけれど、動く様子はない。

ボスとの戦いで、動けないほどに疲れてしまっているみたいだ。

その視線に背を向けて、俺たちは二十一階の奥へと進んでいく。

出てくる魔物はやはり動く植物だったり、植物がなにかに寄生していたりというのばかりだ。

スキルが手に入りそうにないものばかりなので、クレセントウルフを先行させて下への階段を見つけたら、後はひたすら直進して先に進むということを繰り返した。

そのおかげで【支配力強化】が＋２に成長した。

クレセントウルフの動きがよくなった気がするし、【眷族《けんぞく》召喚】する時の魔力負担が減ったような気もする。

そんなこんなでどんどん奥へ。

アイズワのダンジョンと違って、複数の階層が合体したとてつもなく広い空間ということもなく、同じような風景がずっと続いている。

ちょっと、単調すぎて退屈だ。

なんて思ったのがいけなかったのかもしれない。

「なにか、変な臭いがしませんか？」

フェフが鼻を動かして辺りを見回す。

「ほんとですね？」

「なんでしょう？」

ウルズにスリサズも同じように鼻を動かして首を傾《かし》げる。

俺も同じようにする。

うん、確かにする。

なんだろう？

頭痛がしてきそうな刺激臭。

あんまり体によくなさそうだし、どこかで嗅いだことがあるような？

「変な感じだし、ちょっと先を急ごう」

なんて言った時だった。

あるいは、こっちの会話を理解していたとかもあるのかもしれない。

ズルッと……。

通路の壁だったはずの木々や植物が解《ほぐ》れた。

「はぁ!?」

無数の蔓系植物……プラントマンイーターになったかと思うと襲い掛かってきた。

ダンジョンに擬態していた？

それでこの臭いは……思い出した。肉食植物の溶解液の臭いだ。

「ずるっ！」

ダンジョンの建造物は壊したらダメというルールがあるのに、これはずるい！

「走れ！」

階段までの通路は確保してある。

三人に襲い掛かる蔓を斬り払いながら階段までひた走った。

前を守るクレセントウルフが蔓に捕まる。

持ち上げられたそれは、いままで壁だと思っていた場所の奥から姿を現したオオウツボカズラに放り込まれていく。

クレセントウルフは幽霊みたいなものだから、食われてもすぐに消えればいいから猟奇的なことにはならないんだけど、捕まる光景はやはりスプラッター寄りだ。

精神衛生的にとてもよろしくないので、さっさと走り抜けよう。

「スリサズ、影の中に！」

「あ、はい！」

スリサズには【影の住人】で俺の影に潜ってもらい、残りの二人は両手で抱える。

「さあ、舌を噛《か》まないように歯を食いしばってて！」

「「うあ、は、はい！」」

二人の返事を聞いてから、一気に速度を上げて階段を目指した。


「「うえぇぇぇぇ……」」

階段を降りたところで二人に限界が来たので休憩。

「階層全体が罠《わな》って、ずるいよね」

「本当ですね」

二人をテントで休ませて、スリサズとお茶休憩。

王子たちは無事に抜けられるのかな？　と考えたけど口には出さなかった。

いちいち考えさせるのもね。

俺としては、知らない間に脱落してくれているのが一番いいんだけど。

その方がフェフたちにとって後味が悪くないだろうなって思っている。

自分の手で直接っていう思いがあるなら、それに手を貸すのもやぶさかではないんだけど……。

「殺すなら、私がシュシュっとやります」

「へ？」

「王子のこと考えていたでしょう？」

「ああ……ええと、顔に出てた？」

「アキオーンさんはわかりやすいですよ」

「そっかぁ」

「アキオーンさんはもう十分に関わってもらってますから。王子を殺すなんて危険なことはさせられません。するなら私です。いまならできますよ」

「そういう考えはなしにしよう」

関わったとかどうとか、線引きするのはもうおかしいよね。

「だって、家族なんでしょ？」

「あう」

「家族なら、良いことも悪いこともみんなで持ち合わないとね」

「あうあう……」

なんだかスリサズが恥ずかしがってる。

「ええと……」

「うん？」

「アキオーンさんの中で私たちの……家族の役割ってなんですか？」

「え？　それは……」

「あ、違う！」

「え？」

「違う違う！　言い方を間違えた！」

慌ててバタバタと手を振ると、スリサズは顔を真っ赤にして俺を見た。

「私……違う、私たちの希望はですね」

「う、うん……」

おや、なにか雲行きがおかしいぞ。

「奥さんがいいです！」

「……はい？」

「フェフ様が正妻で、私とウルズが側室でいいです」

「いや、それは……娘じゃやだめなのかな？」

「娘だと、いつか出ていかないといけないじゃないですか」

「お、おう……」

「奥さんとして、ずっと一緒にいます。だめですか？」

「だめじゃ……ないけど……他の二人の意思は？」

と、テントを見てみると、二人が入り口のところに顔を出してうんうん頷《うなず》いていた。

どうしたものかなぁ？

エルフ的には三人はちゃんと成人だっていうし問題ないんだろうけど、見た目がなぁ。

こっちだと割と若い内からの結婚ってありだけど……。

もう何十年こっちで暮らしてんだよ、いい加減染まれとも思うんだけど、何気にあっちの世界での常識がちょいちょい顔を出してくる。

う～ん。

思い切るなにかが欲しいなぁ。

そんなことを考えながらダンジョン攻略は続く。

二十階を超えたせいか、魔石以外のドロップアイテムが姿を見せるようになってきた。

この法則はダンジョンでは普遍的なものなのかな？


『氷結矢筒：氷結効果のある矢の入った筒』

とか。

『爆砕矢筒：爆砕効果のある矢の入った筒』


みたいなのが多い。

エルフは弓矢ってイメージがあるけれど、うちの三人娘は誰一人として弓矢は使ってないんだけどなぁ。

せっかくなので使ってみる。

将軍の大弓を出して、近づいてきた魔物を撃つ。

あ、出てくる魔物は相変わらずの植物系魔物たちばかり。

大きな花を抱えて移動し、精神異常系の匂いをばらまくモノや、熊なんかの大型の獣に寄生しているモノ、驚いたのだとミノタウロスに寄生しているのがいた。

まだミノタウロスにも会っていないのに、派生型みたいなのを先に見るなんてと思いつつ倒していく。

寄生型は中が生き物なんだから吸血でなんとかならないかなと思うんだけど、やっぱり【植物共感】以外のスキルは手に入らない。

おかげで【植物共感+10】になってしまった。

なにに使えるスキルなのかまるでわからない。

このダンジョンではまったく役に立たないし。

ほんとなんなんだろこれ？

クレセントウルフに盾役をさせつつ弓矢で倒していく。

もったいない使い方かなぁと思うんだけど、この手の特殊矢筒はすごくたくさん手に入るので、もったいないと思う暇もない。

むしろ、使わない方がもったいないぐらいありそうなので使いまくる。

そんなことをしている間に三十階に辿り着いてしまった。

「う～ん」

「絶対、こんなに簡単じゃないと思うんだけど……」

「アキオーンさんはすごいです！」

「『それは知ってる』」

三人がそんなことをしている後ろで扉を開ける。

そこは無数の木の根で作られた闘技場のような場所だった。

そして、その中央には……。

「よく来た」

喋《しゃべ》った。

そこにいたのはエルフだ。

体のあちこちから蔓のようなものが生えている。寄生植物に捕まっている？

喋るということは意思がある？

なんだか変だな。

「お父様!?」

そして、フェフがさらに驚くことを言う。

「え？　お父様って……」

「王です」

ウルズが言う。スリサズも頷く。

どうやら本当にルフヘムの現王……エルフ王らしい。

「つまり、生きている人ってこと？」

それがどうしてここに？

他に、ボスらしき魔物の姿は見当たらないけれど？

「……無関係の者がいるな」

エルフ王が噂《うわさ》通りの冷たい視線で刺してくる。

「お父様。私は……」

「まぁ、かまわん」

「……え？」

「非常事態だ。むしろ行動したことを褒めてやろう。あやつの暴走から生き残ったことも評価に値する」

「お父様。私は王になる気はありません」

「なに？」

「私は嫌になったのです。王は兄で……」

「あやつなら死んだぞ」

「え？」

「お前たちの駆け抜けた罠の層でな」

「…………そう、ですか」

衝撃……というほどでもない新事実だ。

そうか、やっぱり無理だったたか。

しかし、自分の子供が死んだっていうのに、この人の反応が悪いな。

そして、そういうエルフ王の態度にフェフたちも驚いていない。

寄生されてるからとかじゃなくて、元からこういう性格なんだな。

「余の子で生きているのはお前だけだ。だから……」

「それでも、私は王になりません」

「ほう？」

「王にはなりたい者がなればいいのです」

「ならば、どうしてここに来た？」

「あ、それは俺の希望でして」

「なに？」

ここで、俺は手を挙げた。

「私事で世界樹の若芽が必要でして。彼女たちに協力してもらいました」

「……そうか」

「怒りませんか？」

「ここに来るまでに苦労はしただろう？」

「ええ、まぁ」

「ならばそれが、王として怒りの代わりだ。それを乗り越えてきたのだから、もはや言うべきことはない」

「はぁ……」

父親としては？

と問いたいけれど、それなら他の子を殺した兄に、まずその怒りを落とさなければいけないのになにもしていない。

つまり、そこは問うだけ無駄ってことなんだと判断した。

エルフ王がフェフから俺に目を移したまま、話し続ける。

こちら側の決定権が俺にあると見定めた顔だ。

そして、そうとわかればもう、フェフに目を向けることがなかった。

本当に、父親としての情がない男なんだなと……ここまで希薄になれるのかと驚いた。

まるで、情を持たずに生きてきたみたいな雰囲気だ。

「王として、いやこの地のエルフという種の代表者として、滅びることを黙って見ているわけにはいかん。取引をしよう」

「取引……ですか？」

「世界樹の若芽を一つやろう。すでに余が持っているものだ」

そう言ってエルフ王が左手をこちらに向けると、そこから無数の蔓が現れるとともにそれが閉じた花のようなものを作り、そして開いた。

そこに種がある。

大人の手のひらくらいの大きな種だ。

ヒマワリの種に似ている。

それが、ちょっとだけ割れていて、そこから芽が飛び出している。

「これが世界樹の若芽だ。余の言うことを聞くなら、これをやろう」

「……とりあえず、条件を聞きましょう」

「利口だな。では、お前一人でこの先に進み、四十階を攻略せよ」

「え？」

「その間、フェフたちはここに残ってもらう」

「それは……」

「ここまでの戦いは見させてもらった。お前なら不可能ではあるまい？」

「…………」

三十階から先。

未体験ゾーンだけれど、これまでの感覚からすると不可能ではなさそう。

でも……。

「どうしてフェフたちをここに？」

「戻ってきてもらわなければ困るからだ」

つまりは人質？

とことん情のないことしか言わない。

「ああ、でも……」

戻ってくるとしたら……。

ここ……豊穣の樹海ダンジョンにもポータルはあったから、地上に戻ったり元の階に戻ったりは簡単だけれど、途中の階に戻るのだとしたら……。

「念のために確認するんですけど、ここに戻る方法は？」

「もちろん、一階からやり直さなければならん」

うわぁ、めんどくせぇ。

「フェフ……」

「私たちは大丈夫です」

「ここで待ってます」

「お待ちしてますね！」

三人の意思確認と思ったけど、返事は即だった。

そっかぁ。

じゃあちょっと、がんばるか。


心配だけれど、フェフたちと別れて四十階を目指すべく下へ行くことになった。

で、問題はここから下にどうやって行くかなんだけど。

ボスを倒していないから階段もない。

「問題ない」

俺の疑問にエルフ王が答える。

この部屋のボスを倒していないのに、階段が現れた。

エルフ王の能力のようだけれど、なにか気になる。

ダンジョンを自由にできる？

だとしたら、代々の王が一人でダンジョンに入って世界樹の若芽を取ってくるっていう話も頷けるけど、加護をもらって強くなるっていう話はどうなったんだろう？

それに、あの体から出てきていた植物のこともある。

エルフ王の様子に対して、フェフたちの反応も薄かったような気がする。

もしかして、あの状態が普通だってこと？

もうちょっと作戦会議みたいなことをするべきだったかも。

いかんなぁ。

いい年して事情の確認が甘い。

ナディの時もそうだけど、どうもフェフたちに関して無自覚に振り回されにいっている気がする。

もうちょっと考えないと。

初めてちゃんと自分で人助けした子たちだからと、先走りすぎている。

いやほんと、まずは落ち着かないと。

落ち着きのないおっさんとか、みっともなさすぎる。

世界樹のことにしてもそうだ。

もうちょっと考えないと。

エルフ王の状態……世界樹の加護を得るってどういう意味なのか。

もしかして、この辺りの寄生植物と同じようになるってことだったり？

「……うわっ、それは嫌だな」

なんてことを想像しながらダンジョンを進む。

エルフ王の提案に深刻な罠があったりしたらどうしようという不安もあるから、それらを振り切るためにもいまは攻略に勤しむ。

とはいえやり方は一緒。

クレセントウルフに階段を見つけさせてからそこに向かう。

ただしダッシュで。

さらに【制御】も解除して。

三十階から下は初体験だけど、それをじっくり楽しんでいる気分じゃない。

【血装】で強化した幽茨《ゆうし》の盾を前面に構えた【盾突】の連打で、邪魔する魔物に轢《ひ》き逃《に》げアタックをかけていく。

魔石も……もったいないけど拾わない。

ドロップアイテム……それは……ごめん拾っていく。

「うう、ごめんよごめんよ」

とはいえ調べている余裕はないのでマジックポーチに放り込んでおくだけ。

詳細は落ち着いてから。

後は幽茨の盾を信じて【盾突】【盾突】【盾突】!!

いまの能力になってから全力で動くってあまりしていないけど、ちょっとした衝撃波みたいなのが出てる気がするんだけど?

一瞬ぐらいは超音速になってたりするのかな？

剣とか武器の先端速度が超音速になるっていうのはなんとなくいけそうって思ってたけど、全身の運動でそれが出る日が来るとは……。

そんなの人間の体で耐えられるのだろうか？

いや、だから俺って体の数値が高いのか？

そんなことしか考えることがないほど、攻略は順調すぎるぐらいに順調だった。

おかげで【盾突】が＋1になった。

「……はやっ」

そして四十階の扉の前。

時計代わりに【ゲーム】を起動してみても果樹園に果物が実っていない。

つまり一日も過ぎていないということ。

「とりあえず、一回休憩」

焦っているとはいえ、強敵がいるかもしれないのに休憩なしはだめだろう。クレセントウルフに周りを守らせて一息つくことにした。

「こんな時は……」

片手で食べられるものだよね。

というわけでハンバーガーセット。

モリモリ食べてコーラを飲む。

渇いた喉に炭酸が染みる。

止まらずに三セット食べてしまった。

おっさんの胃にハンバーガーセット×三はきついと思うんだけど、なぜかするっと食べられてしまった。

ステータスが高い分、消費カロリーも増えているってことだろうか？

とはいえ普段は山ほどご飯を食べているわけでもないけど……？

う～ん、普段の生活時は【制御】で能力値を落としているからかな？

「……よし」

胃を落ち着かせるために少しだけ待ち、いざボス部屋へ。

そこは森にある広場だった。

面積はとても広い。

余裕で野球ができそうだ。

「うん？」

それで、ボス魔物はどこに？

ん～？　と首を傾げていると、いきなり地面が揺れて、空間の境界を示すのだろう森林の光景が突然に傾いだ。

ああ、そういう……。

『竜樹デミラシル：真祖・世界樹より落果したる竜』

これ、口かぁ！

「こういう初見殺しはどうかと思うなぁ！」

叫びながらひた走る。

罠階層と同じだ。

この階層のほとんどが魔物の体だったんだ。

地面の土が中央に向かって落ちていく中で、境界だと判断した木の一つに到着。

その木もボロボロに崩れていく地面の流れに呑《の》まれているので、すぐに足場に変えてジャンプ。

土石流の下からずらりと並んだ大岩のような歯が見えた。

あれですり潰される運命だけは御免被りたい。

「ぬわっとぉ！」

ぎりぎりで抜けた。


ゴゴゴギィィィィィィィィィィ……。


歯と歯のぶつかり合う音がそんな風に聞こえてくる。

壁だと思っていた森林の向こうには、さらに広大な空間があった。

ここの地面はまた崩れないだろうなと思いつつ、振り返る。

そこに巨大な……たぶん竜がいた。

すり鉢状に崩れた中で身を起こしているのは、無数の蔓が寄り集まってできた超巨大な四足動物だ。

なにか前にも見たような？

そうだ。トレントだ。

あの大きなカブみたいな木を背負ったというか、それに竜の頭と手足が生えているというか。

とにかく奇妙な形の魔物だ。

だけど、頭と思《おぼ》しき場所にある目は意識の光を宿している。

「でかいなぁ……」

比較としては豆と人間ぐらい違う。

もちろん俺が豆側。

アイズワのダンジョンで戦ったウッズイーターよりでかい。

ウッズイーターとだと、竜樹デミラシルの方が一回り大きい感じかな？

これだけの質量差を覆すなんてできるのだろうか？

「まぁ、やってみるしかないよね」

ビビってはいるけど、恐怖で体が動かないというほどではない。

それに疑問に思うほど悲観的になっているわけでもない。

ウッズイーターを一人で倒せたんだから、質量差で絶望する理由はない。

あれよりは強いのだろうけど、こっちだってあの時よりも強くなっている。

「問題なし」

将軍の大弓に爆砕矢筒の矢を番《つが》えて射る。射る。射る。

射撃しながら移動。

GOOOOOOOOOOOOOOOOO!!

連続する爆発の中で竜樹デミラシルが吠《ほ》える。

その後、巨大な全身が震えた。

なんだ？　と思う間もなくすぐに変化が見えた。

全身にある蔓の一部が動くと無数の筒を作り、そこからなにかを吐き出した。

上に飛んで……そして落ちてくる。

「うわうわうわ……」

それは巨大な種の雨だ。

逃げ回っているけど避《よ》けきれなくて、俺を守る【対物結界】がゴリゴリ音を立てる。

種の雨は俺を狙って撃っているのではなく、まさしく雨の如くに周囲無作為に放射し続けている。

「ええい！」

逃げ回っても雨を避けきれるものじゃない。

【対物結界】に注ぐ魔力を強めて爆砕矢を撃ちまくる。

あ。

降り注ぐ種雨が矢に当たって爆発する。

これはだめだ。

武器を幽毒の大剣と幽茨の盾に変更。

ゴーストナイト装備になったので【仮初《かりそめ》の幽者】が発動。

降り注ぐ種雨のいくつかは体をすり抜ける。

「……ようし、やってやる！」

気合を入れて【瞬脚】で距離を詰め、最後に【盾突＋1】で体当たり。

竜樹デミラシルの右わき腹ぐらいの位置に突っ込んだ。

おお、浮いた。

反動は【対物結界】の周りで衝撃波みたいになって散っていくのがわかった。

【血装】で強化した幽毒の大剣でさらに切り裂く。

内部に入り込んだ【血装】の血でウッズイーターの時のように浸食をと思ったけれど、硬く跳ね返される感触があった。

「植物とは相性が悪い？」

アイズワのダンジョンの時から植物系の魔物からはスキルの奪取もできていないし、たぶんそういうことなんだろうな。

ウッズイーター相手だと【血装】による内部浸食が効いていたのが大きいんだけど……。

「だけどそれなら……！」

ひたすら切りまくる。

「おりゃおりゃおりゃ！」

表面の硬い樹皮が剝がれると、中から蔓の塊が覗《のぞ》く。

それを切り裂くと、中から大量の水分が溢れ出す。

「うわっ」

濡れると思ったら【対物結界】か【対魔結界】が反応して弾《はじ》いた。

頭痛を呼ぶ刺激臭が辺りに満ちる。

また酸だ。

しかもダムが決壊したみたいに大量に溢れ出して、せっかく作った傷口から押し返されてしまう。

酸の濁流に流されるなんて勘弁なので自分から逃げる。

だけど、ただ距離を空けるのも悔しいので【火矢】と【光弾】の連射を食らわせてやる。

うわ、離れたら種雨が復活した。

遠距離攻撃は種雨のせいで何割かが迎撃されてしまう。

「防御は万全だなぁ」

こんなの、勝てる人間はいるのか？

【鋼の羽】や【炎刃】なんかの銀等級冒険者が多いパーティの戦いを見たけど、絶対にこれには勝てないと思う。

ならその上の金等級なら勝てるのか？

……見たことないからわからないな。

ともあれ、この巨大な魔物はウッズイーターの時も思ったように、レイド戦でどうにかするタイプだ。

「一人でやるのが無茶《むちゃ》なんだろうけど」

その無茶をやらないとどうにもならな……。

「あっ」

いま、すごく関係ない思い付きが出てきた。

「ええ……でもなぁ……」

これが成功したら、さすがにどうかと思うんだけど……。

「防御が硬すぎるし、やってみるかぁ」

そのためには【ゲーム】を起動しないといけないから……。

考えた結果、【眷族召喚】でブラッドサーバントを呼び出し、それらに【対物結界】【対魔結界】を張ってから俺の周りを守らせる。

ドーム状になって俺を守るブラッドサーバントに種雨が降り注ぐけれど、各種結界のおかげもあって貫通してくることはない。

よし、これで【ゲーム】を起動。

キャラクターを動かしてアイテム欄を確認して持っているのを確認して……あ、どうせだから新品を作ろうとアイテム倉庫で材料を確保してクラフト台に向かってキンコンガンコンと作ってからそれを交易掲示板へ。

チャージしてあるお金でそれを買って手に持つ。

うん。

前に他で試したこともあるし、いける気がする。

ブラッドサーバントを送還して一気に飛び出す。

出るのを待っていたのか、それともタイミングが悪かっただけなのか、竜の顔部分がこっちに向いて口を大きく開けていた。

ブレスだと読んで地面を蹴って方向転換。

次の瞬間、その大口から大量の種が吐き出された。

しかもその種、ある程度距離を飛んだところで火を噴いて弾けた。

爆砕矢の種版というところか？

爆発はけっこう激しく、そして大量の爆発の連鎖がその領域を一気に膨張させていく。

「うわわ……」

ぎりぎりで爆発の膨張から逃げ切り、再び方向転換して竜樹デミラシルに接近する。

そして手にしたものを叩《たた》きつける。

それは、斧《おの》だ。

アイズワのダンジョンでも使ったことのある斧。

【ゲーム】で領内の木を伐採するために使う斧。

どんな木だって三打で切り倒すことができる斧。

それが、竜樹デミラシルの左わき腹に食い込んだ。

ゴオオオ――――――――ン!!

と、すごい音と衝撃が竜樹デミラシルの全身を襲った。

それでわかった。

「あ、これいける」

脇腹が大きく裂けてそこから再び酸の放水が起こるのでそれを避けて後ろ足を打つ。

再び大きな音。左の後ろ足が落ちた。


GYAAAAAAAAAAAAAAAAAA!!


竜樹デミラシルが悲鳴と怒りの混じった声を放ち、首をいっぱいに伸ばして俺を見るとさっきのブレスを放った。

寸前で跳躍。

大樹の伸びた背中に三打目を叩きつける。

三度目の大きな音。

次の瞬間、打ち込んだ場所を中心に竜樹デミラシルに大きなひびが走り……そして、崩れていった。

「……これはいかん」

植物特効武器としてもすごすぎるんではなかろうか？

すごすぎて、バランスが崩壊している。

そんなことを考えている間に竜樹デミラシルの死体は消えてなくなり、周囲に散らばっていた種雨の残骸や酸の液体も消えてなくなった。

残ったのは平板なだだっ広い空間。

地面もなんだか作り物めいていて気持ち悪い。

「なんだこれ？」

なんか変だ。

そういえば次の階層に行くための階段も出現していない。

「……ズルだからバグってフリーズした？」

あの斧の効果はさすがに想定外だよね。

って、それじゃあ完全にゲームだ。

「まさかこの世界がゲームってそんなわけ……」

いや、少なくともこのダンジョンはゲーム的だけれど。

「あっ」

そんなことを考えてなにか不安な気持ちになっていると、唐突にいつものご褒美宝箱が現れた。

「なんだもうびっくりした」

あのままなんの変化も起きなかったら、どうしようかと思ったよ。

まだ階段が出てないのは気になるけど、もしかしたらここがダンジョンの最下層かもしれないわけだしね。

「さて、中身はなにかな？」

宝箱を開けて【鑑定】を使う。

『世界樹の若芽：真祖・世界樹へ繋《つな》がる分体。その発芽は豊穣を約束する』

「あ、出てきた」

ん？

これだとエルフ王から世界樹の若芽をもらう必要はないよね？

ん〜？

「なんだこ……」

そこまで言いかけて、かすかな痛みに掌《てのひら》を見る。

手に取った世界樹の若芽。大粒の種から飛び出した小さな芽。

それが俺の手のひらに突き刺さっていた。

「は？　……え…………………」

そこまで呟《つぶや》いたところで、俺の意識は真っ暗になった。

†　†フェフ†　†

フェフは父親であるエルフ王を見上げた。

細くて鋭い……磨き上げられた剣のような人だと感じる。

そしてそれ以上の感想がない。

フェフとエルフ王の接点は少ない。

母が身ごもった時には、すでに住居を離されていたという。

物心付いてからも、その姿を見るのは行事の時だけで、それもほんのわずかな時間のみ。

フェフだけがそうというわけではなく、全ての兄弟がそうなのだと知れば思春期の反抗的な感情さえも湧くことなく、むしろ関わらない方がいい存在だと思うようになり、その考えが定着した。

暴走した兄王子は、フェフとは逆に執着するようになったようだが。

そしていま、国の危機に際し、王という装置でしかないようなこの人は、なぜかダンジョンにこもって動こうとしない。

それどころかアキオーンに交渉を持ち掛け、ダンジョンのさらに深くに行かせた。

なぜだろうか？

そしてどうして、私はそれを止めようとしなかったのか？

フェフは自分の心がわからず、内心ではひどく動揺していた。

「わからないか？」

「え？」

いきなり、エルフ王が問う。

「余の提案をあの男に受け入れさせた自分の心がわからぬのだろう？」

その言葉にフェフははっとした。

「お父様！　私になにかを!?」

「余がしたのではない。この地に最初に根付いたエルフたちとこの豊穣の樹海……いや、■■■との契約によるものだ」

「……え？」

「聞こえぬか？　いや、余が言えぬのか」

「な、なんなんですか？」

「ソレがなにかは余にもわからぬ。だが、窮状にあった当時のエルフたちとってそれは救い主であり、ソレとの契約は不可避であったのだろう。結果として、エルフはこの地で繁栄した」

「……まさか！」

「そうだ。世界樹だ」

「このダンジョンを攻略して手に入れたのではないのですか？」

「違う。エルフたちはこのダンジョンに誘い込まれ、そして、加護という名の契約を結ばされたのだ」

「そんな……」

「このダンジョンに入らねば、エルフたちは操られることもない。故に自覚する者もいない。ただ、世界樹の余りある豊穣を享受し続けることができた」

エルフ王に言われて、フェフは理解した。

なぜ、このダンジョンに入ることが許されるのが、世界樹と契約した代々の王だけなのか。

「支配されるのが王だけとするため、なのですか？」

「そうだ。奴らの求めに応じることを王の責務とし、そして王のみの犠牲でこの地のエルフたちを生かすためだ」

「犠牲……犠牲とは……契約とはなんなのですか？」

「アリとアブラムシの関係だ」

「アリとアブラムシ？」

「そうだ。外敵から守ってもらう代わりに餌を与える。そういう関係だ」

世界樹と契約した王の力。

世界樹からもたらされる大量の食料。

犠牲とはつまり、その二つの代わりに差し出されるもののこと。

「それは……？」

「このダンジョンでエルフたちに命を捧《ささ》げさせることだ」

「命っ!?」

「ダンジョンはこの世に生きる者たちにとって非常にありがたい存在ではあるが、非常識な存在でもある。どう考えても、ダンジョンの方が失うものが多い。そうは思わんか？」

エルフ王に問われ、フェフは考える。

ダンジョンの存在そのものへの疑問なんて抱いたこともない。

小国家群にもいくつかのダンジョンが存在するが、フェフが接することができそうだったのはこの豊穣の樹海のみで、それさえも近づくことは許されていなかった。

あっても当たり前の存在が、どうして存在するのか？

それは、どうして生き物は空気を吸わないと生きていけないようになっているのかを考えるのと同じぐらいに、考えてもしかたないことだとフェフは思っていた。

だけど、確かに。

お湯を求めれば水を火にかけなければならない。その火は燃料を使わなければ燃え続けることはできない。

つまり、お湯を得れば代わりに燃料を失う。

ダンジョンは、挑戦する冒険者に魔石やドロップアイテムという宝物を与えるが、その代わりとしてなにを得ているのか？

冒険者たちの命？

だけど、そんなに死人ばかり出ていたら、いずれは誰も近づかなくなってしまう。

それでダンジョンが困るのだとしたら？

ダンジョンは内部に入ってもらうことでなにかを得ている？

だけど、なにを得ているのかがわからない。

そしてなにより、豊穣の樹海のダンジョンは他とは違ってエルフに契約を持ち掛けている。

その不自然さがいずれかの代のエルフ王を恐れさせた？

「……できた？」

先ほどのエルフ王の言葉にひっかかりがあることに気付く。

『享受し続けることができた』

そう言ったのだ。

なぜ、過去形なのか？

「……追いつめられる時というのは不運も重なるものなのだろうな。代々のエルフ王がわずかな生《いけ》贄《にえ》でダンジョンをごまかし続け、ようよう、限界が近づいてきた時にあやつが次代の若芽を全て駆逐させた」

あやつ……王子のことか。

そして、追いつめられているのは……ダンジョン？

「余に力を与えている世界樹は朽ちる時が近づいていた。余は国の掟を盾に誰をもダンジョンに入れさせず、余一人でここに入り、そして命尽きるつもりであった」

「そんな……」

「これは誰にも言えぬ。世界樹との繋がりを知る当代の王が、次の王にのみ伝えるのみだ。そうでなければ、初代からの意思はやがて歪《ゆが》んでいただろう。そして、もうすぐことは成る……はずだった」

ことは成るとは、このダンジョンを滅ぼすこと？

それがはずだったというのは……。

「アキオーンさん！」

「そうだ。あの異様な力を持つ者。あのような者の命を食らうことができれば、ダンジョンは息を吹き返す。そう考えたからこそ、余をここに配置し、そして入り込んだお前たちにもそう誘導させた」

「アキオーンさんを殺させるために……」

「……フェフよ。事ここに至ったなら、お前はなんとしても次代の王にならねばならん」

そう言ったエルフ王の顔に、フェフは初めて感情を見た気がした。

必死な。今まで全てを腹の内に隠してきた感情を、隠しきれずに吐き出したような、それは辛《つら》そうな表情だった。

「お前が余らエルフたちを解放するための長年の努力に土をかけたのだ。その責を……」

「あのう」

重々しく告げるエルフ王の言葉を、ウルズがおずおずと止めた。

「……なんだ？」

まさか止められるとは思わなかったのだろう、エルフ王の口調にはわずかに不快さが混ざっていた。

「それは、アキオーンさんが勝利した場合はどうなるのでしょう？」

「なに？」

「アキオーンさんは強いですから、勝つ場合だって十分にあり得ますよね？」

「そのようなことは……だが、そうだな。もしそんなこととなったら……」

少しだけ考え、エルフ王は呟いた。

「余らの悲願の時が来るということだ」

††？？？††

《【■■■の支配】を獲得しました。》
《【植物共感＋10】が起動しました。【■■■の支配】と連動します。》

《【夜魔デイウォーカー】が抵抗します。》
《【夜魔デイウォーカー】が抵抗します。》
《【夜魔デイウォーカー】が抵抗します。》
《【■■■の支配】が【再生】との連動を求めています。》
《【夜魔デイウォーカー】が抵抗します。》
《【夜魔デイウォーカー】が抵抗します。》
《【夜魔デイウォーカー】が抵抗します。》
《【■■■の支配】が【支配力強化＋２】との連動を求めています。》
《【夜魔デイウォーカー】が抵抗します。》

《【夜魔デイウォーカー】が抵抗します。》
《【夜魔デイウォーカー】が抵抗します。》
…………………………………………
………………………………
…………………………
……………………
…………………
……
《【夜魔デイウォーカー】が【ゲーム】【倍返し】との連動を求めています。》

《成功しました。》
《【■■■の支配】は全ての連動が剥奪《はくだつ》されます。》
《【■■■の支配】は深いダメージを負いました。》
《【夜魔デイウォーカー】は【■■■の支配】に交渉を持ち掛けます。》
《成功しました。》

†††††

「ぬあっ！」

びっくりした。

あれ？

いつの間に寝てた？

「ええと……」

なにがどうなったんだっけ？

そうだ。

たしか宝箱を開けて、世界樹の若芽があって？
それで？
「なにかされてたような？」
はっとなって体中をバタバタと触ってみる。
ゴーストナイト装備が邪魔なので【一括装備変更】で普段装備に変更してチェック。
なにもなさそう？
念のためにステータスもチェック。

名前：アキオーン
種族：人間
能力値：力５９５／体８２８／速４４７／魔４０２／運５
スキル：ゲーム／夜魔デイウォーカー／樹霊クグノチ／盾突＋１／瞬脚／装備一括変更／制御／忍び足＋２／隠密＋３／軽妙／威圧＋４／眼光／挑発／倍返し／眷族召喚／不意打ち強化＋２／支配力強化＋２／射撃補正＋２／剣術補正＋５／斧術《ふじゅつ》補正／槍術《そうじゅつ》補正／短剣補正＋３／拳闘補正＋２／戦棍補正／投擲《とうてき》補正＋１／盾術補正＋３／嗅覚強化／視力強化／孕《はら》ませ力向上＋１（封印中）／精力強化＋１／毒耐性／痛覚耐性／再生／危険察知＋２／スリ＋２／逃げ足＋１／人攫《さら》い／女たらし／御者／乗馬／交渉＋１／宮廷儀礼＋３
魔法：鑑定／光弾／水弾／氷矢／火矢／炎波／凍結／毒生成／回復／解毒／明かり／対物結界／対

魔結界／斬撃強化／打撃強化／分身／身体強化
条件付きスキル：仮初の幽者

うん？

【植物共感＋10】が消えてる？

いや、それどころじゃないのがある!?

【樹霊クグノチ】ってなにさ!?

「ええ……ほんとにこれなに？」

なんとなく意識してみると、使い方がなんとなくわかった。

お試しで使ってみる。


ズワァァァァ！


「うひゃっ！」

びっくりした。

背中から太めの蔓が飛び出してきた。

それも複数。

わかってたんだけど、それでも実際に起こるとびっくりするね。

ああ、うんうん。動かし方もわかる。

「……なんかこういうの、見たことあるな」

ＢＡＳ●ＡＲＤ!!のアビゲ●ルとかスパイ●ーマンのドクター・オク●パスとか？

これ、使い方次第では立体的な動きとかもできるようになるのか。

便利だね。

「うん？」

出しっぱなしにしていたステータスに変化が？

あ、【ゲーム】が点滅してる？

「なにごと？」

【ゲーム】を起動して確認。


『クリア！　領地拡大クエスト：世界樹の若芽　１／１』


あ、手に入れたことになってる。

で、その新領地はどこに？

役所に入って『！』マークのあった職員さんに話しかけると領地の北側に道ができているというのでそこに向かう。

言われた通りの新しい道を見つけたのでそこを通り抜けると……。

「ええ……なにこれ？」

びっくりの光景があった。


新しい領地の光景にびっくりしていたら目の前に光の渦が現れた。

ダンジョンの入り口やポータルみたいな感じだけれど？


『帰還ポータル：入り口に戻れる。一方通行』


よかった。

これで帰れる。

ポータルに飛び込む。

入った瞬間に、「あっ」と思ったけど、もう遅い。

一瞬の眩《まぶ》しさの後に視界が変わり、そこはエルフの城の中。

「あ、なんだ貴様!?」

「うわっ」

声にも驚いたけど、目の前に現れた光景にも驚いた。

ダンジョンの入り口の前でエルフたちが争っているのだ。

入り口を守っているのは前と同じ城の兵士風エルフ。

それと対峙《たいじ》しているのは恰好《かっこう》に統一感のないエルフたち。

もしかして庶民派か？

俺に気付いて声を上げたのは庶民派の方で、そして、ナディだった。

「貴様！　やはり来ていたな！」

「さ、さよなら！」

状況がわからないけど、中でフェフたちを待たせているのでかまうわけにもいかない。

さっさとダンジョンに戻った。

そういえばゴーストナイト装備を外したままか。

「……よし」

試しに【樹霊クグノチ】を使ってみよう。

ズルッと出てきた蔓で自分の周りを守らせて、あとは盾を持っていないから、【盾突】ではなく【瞬脚】を使ってダンジョンを突き進む。

おお、硬い硬い。

立ちふさがる魔物がたいした反動もなく砕けていく。

かなりスプラッター。

ついでに【血装】で蔓を補強すればさらに進みやすくなった。

そういえば……。

この辺りの植物に寄生された魔物を倒した時に手に入っていた【植物共感】っていうスキル。

進んでいる間にけっこう倒したんだけど、今度はぜんぜんそのスキルが手に入らない。

なんでなくなったんだろう？

【樹霊クグノチ】と関係ある？

あるような気もするなぁ。

でもまぁ、深く考えるのは後でもいいか。

いまはとにかくフェフたちのところに急ごうと、走り続ける。

ダンジョン内部に変化はないのでそこまで迷わなかった。

「ただいま！」

そんなわけで大体半日ぐらいでフェフたちのところに着いた。

ちょっと迷ったけど、そんなことはおくびにも出さないぞ。

「「アキオーンさん！」」

「うわっ！」

なんだか涙目で抱き着かれた。

どういうこと？

「無事でよかったです！」

「よかったです」

「うう……」

「ええと……がんばりました？」

なんだなんだと思っていると、エルフ王が近づいてきて俺の前で膝を突いた。

「……へ？」

「余の負けだ」

「ええと？」

なにが起こってる？

「余の……いや、世界樹の企《たくら》みを潰すだけでなく余ら侵食されしエルフたちを救う道まで導き出してくれるとは、ただ感服するのみ。余……いえ、私の完敗です」

そう言って首《こうべ》を垂れるエルフ王。

意味がわからなくて視線をさ迷わせる俺。

落ち着いた先はフェフだった。

「……実は」

とフェフが説明を始めた。

この地にいるエルフは豊穣の樹海というダンジョンに支配されていて、ダンジョンを生かす代わりに世界樹からの実りを受け取っていたと。

で、ダンジョンを生かす方法というのが、エルフを派遣してダンジョンの中で殺すこと。

簡単に言えば生贄だよね。

だけど、代々のエルフ王は自分以外の犠牲をなくすために、ダンジョンへの出入りは王しか許されないという決まりを作った。

そしていつかエルフたちがダンジョンから解放される日を待ち、そしてついにその日が来たと。

「つまり、このダンジョンはなくなってしまうということ？」

「その通りです」

エルフ王が答える。

「え？　それっていいの？」

俺は疑問に思う。

エルフ王的には支配からの脱却をかけた長い戦いが終わるって想《おも》いなんだろうけど、庶民からしたらいままで美味《おい》しい思いをしてきた世界樹がなくなるとか、王様なんてことしてくれるんだ！　って思ったりしないいんだろうか？

「……その点は考えなかったわけではありません」

そう言って、エルフ王はその手に世界樹の若芽を出した。

相変わらず植物がその体を出たり入ったりしている。

俺の【樹霊クグノチ】とは違うよねぇ、これ。

「いまならまだこのダンジョンを生かす方法もありましょう。新たな世界樹の継承者を定め、そして多数のエルフたちをダンジョンに潜り込ませれば、あるいは」

いままで無表情だったエルフ王が、冷笑を浮かべた。

「だが、そんなことはしたい者にさせればいい。私はお断りする」

エルフ王の手が震え、現れた蔓が世界樹の若芽を包んだ。

青リンゴみたいな形に落ち着いたそれを俺に渡す。

「これはあなたへ渡すつもりだったが、すでにお持ちの様子。どうか、民への選択肢として用いてくだされば……」

エルフ王はそう言っているけれど、あまり心がこもっているようには感じられなかった。

自分がやるべきことはやった。否があるなら勝手にしろ……そんな感じがする。

もはやどうでもいいとか思っているのかもしれない。

そして、俺がすでに世界樹の若芽を手に入れたことも知ってるっぽい。

よその階で亡くなった王子のことを知っていたし、ダンジョンの中を見る能力があるんだろうな。

それもダンジョンと契約して得た能力なんだろうか？

だけど……欲しいとは思わないかな。

そんなことを考えていると、いきなりだった。

「では……おさらば」

その言葉のすぐ後に、エルフ王の体が見る間に乾燥していき、ひび割れ、崩れていく。

生木が瞬く間に枯れ木になっていくような光景の後、エルフ王は崩れていった。

「…………」

フェフはそれを黙って見ている。

俺がいない間に親子の会話はあったのだろうか？

わからない。

わからないけれど、彼女の目に涙はなかった。

10 ルフヘム騒乱

その後、少し話し合ってからポータルで地上に戻った。

「あっ！」

「出てきたぞ！」

ダンジョン入り口の周りは、無数の兵士やエルフの人たちで固められていた。

三人にはすでに説明していたので、動揺はない。

でも暴動みたいになって殺到されたらたまらないと身構える。

「落ち着きなさい！」

フェフが凛《りん》と声を放った。

「え？」

「その声は？」

「この方は末姫のフェフ様である！」

ウルズが声を張ると、周りのエルフたちに動揺が走った。

「フェフ様!?」

「亡くなったのでは!?」

「どういうこと!?」

「静まりなさい！」

そんなエルフたちをフェフが一喝する。

【風精シルヴィス】に音声を伝えさせ、隅々にまで強い言葉が届く。

「これからの国について重大な話があります。各大臣、それから庶民派を名乗る者たちの重要人物は城の会議室に集合しなさい。来ない者は今後のルフヘムの未来に興味ない者だと判断します」

フェフはそう言い切り、集合の時間を区切ると俺たちを率いてその場を抜け出る。

「なっ、お待ちを！　どういうことか！」

そう叫んだのはナディだとわかった。

その瞬間、俺たちは動いた。

俺は【樹霊クグノチ】を起動させて蔓《つる》の鞭《むち》で床を砕き。

ウルズは【魔導の才知】で【炎波】を改造した魔法で背の低い壁を作り。

スリサズは【影の住人】でナディや他に近づこうとした者たちの影から槍《やり》を作り。


……そうしてそこにいたエルフたちを牽制《けんせい》する。


「話は、皆が集まってからです。いいですね？」

フェフは冷たい目で一同を圧し、再び歩き出す。

もう誰も止める者はいなかった。

フェフを先頭に城を進み、途中にいた人たちの驚く顔を無視して一室に入る。

待合室みたいな雰囲気がある。

たぶん、その通りなんだろう。

「フェフ様！　お見事です」

「うんうん」

「あ〜緊張した」

フェフが胸を押さえて長く息を吐《つ》き、それから三人で顔を見合わせて笑った。

三人のその様子にほっとした。

「さて、じゃあちょっと休憩しようか。なに食べたい？」

「「「お肉」」」

ほんとにこの子たちは肉食になったなぁ。

「……じゃあ」

こういう時はお祝いステーキだ！

熱々の鉄板皿に載った分厚いステーキ。

「「「おおおおお!!」」」

三人が揃《そろ》って喜ぶ。

うまうまと食べる三人にほっこりしながら俺もステーキを食べる。

とりあえず、これで一段落かぁと切った肉をもぐもぐしながら考える。

これからどうしようか？

王都に戻ってまた家を借り直すか？

あ、でもファウマーリ様にしばらく戻るなって言われてるんだった。

ドワーフ王国に定期的に酒を卸す約束をしてるし、しばらくは小国家群をうろうろするのもいいかな。

三人は付いてくるのかな？

あれ？

どうなんだろ？

さっき話し合ったのは、ダンジョンを出てから他のエルフたちとどうするか？　っていうところだけだったからなぁ。

「あのさ……」

「はい」

と、フェフが答えて三人が俺を見た。

「三人はこれからどうするつもり？」

「「「…………」」」

俺の質問に三人が目を合わせる。

「いや、ほら……もう王国に戻る必要はないわけだからさ」

「そんなの、決まっています」

あたふたする俺にフェフが笑い、他の二人も明るく頷《うなず》く。

「家族希望ですから」

「もちろん、娘とかじゃないですよ」

「お嫁さんです！」

「お、おう……」

「「だめですか？」」

「……だめじゃないです」

そっかぁ。

しかたない、腹をくくるか。

パンと顔をはたく。

別ににやけそうになったのをごまかしたわけじゃないよ？

……ほんとだよ？

「それじゃあ、これからもよろしく」

「「はい、よろしくお願いします!!」」


食事を終えてさらにお茶で一息ついてから、俺たちは会議室に移動した。

そこはすでに満室の状態だった。

どう考えても大臣とか庶民派とかの重要人物だけじゃない。

それぞれの護衛もいるのかな？

ひりついた空気がそこかしこから感じられる中で、フェフは会議室の奥、明らかに他とは違う椅子へと移動していく。

間違いなく、王の座る椅子だ。

着座したフェフを守る位置に俺たちは立つ。

「では……」

と、フェフはまず自身のことを語る。

兄が世界樹を腐らせたことで暴走し、その災禍から間一髪で逃げ出して王国にいたこと。

そこで俺と知り合ったりしながら過ごしたこと。

冬を越えたところで騒動に巻き込まれ、そこでナディと再会したこと。

ナディの言葉でルフヘムに戻ってきたこと。

ナディは会議室にいる。

着座をしていることから、もしかしたら庶民派の中でも重要人物の一人なのかもしれない。

彼女は複雑な表情で俺たちを見ていた。

ナディに関してはそれ以上なにかを言うこともなく、フェフは次の話題に移る。

世界樹の若芽を獲得するためにダンジョンに入り、そしてエルフ王と会った。

「これより、いままでずっと王家が秘匿していた豊穣《ほうじょう》の樹海の秘密について話します」

そう言った瞬間、会議室がざわめいた。

「姫、よろしいのですか？」

大臣っぽい人が聞いてくる。

「かまいません。なにより、もはやこの国はいままで通りにはなりませんから」

フェフのその言葉で会議室が一層騒がしくなった。

そしてフェフがダンジョンの中で起きたことを語る。

それは、俺がいない間にエルフ王がフェフたちに語ったことだ。

この国の秘密。世界樹とエルフとの隠されていた関係。

そしてエルフ王の死。

会議室のざわめきは収まらず、うるさくなるばかりだ。

いままでの生活が壊れてしまうというのだから、当然か。

「ど、どうにかする方法はないのですか!?」

「フェフ様が王位を継がれれば……」

「だが、このままの生活を続けるにはダンジョンに人を入れねば……」

「いっそのこと、解放して冒険者を招くか？」

「ばかな！　もしその者たちが世界樹の若芽を手に入れたらどうするのだ!?」

地上にある世界樹は一つ。

王族が次代の世界樹候補を育て、王になる者以外は全て倒す。

この行為にはちゃんと意味がある。

それが地上にあることができる世界樹は一つだけという決まり。

成木は一つ。

それ以上が存在するとお互いに力を失って弱っていき、最後にはただの木と変わらなくなるそうだ。

その話を聞いてちょっとドキドキしたけれど、たぶん大丈夫だと思う。

『同じ地上』じゃないからね、うん。

「明言しますが、私は王位に興味はありません。父の意思を尊重します」

「そんな……」

大臣っぽい人たちが絶句している。

「ですが、父はあなた方に選択肢を残しました」

そう言って、フェフは世界樹の若芽を取り出す。

エルフ王に託されたあの青リンゴ状のものに包まれたままだ。

ここに来る前に俺からフェフに渡しておいた。

「これは父の用意した世界樹の若芽です。育て方は、実を割って中にある種に自身の血を与えた後で土に埋めてください。成木となれば、血を与えた者が王としての加護を得られます」

その瞬間、熱意のある視線が複数発生して部屋の温度を上げた。

庶民派だけじゃなく、大臣たちの中からもそれは生まれた。

なんだかんだで、みんな野心があるんだね。

「……あまり時間はありません。欲しいのであれば今夜中に誰が継承するのか決めてください。明日の朝、ここで結果を聞きます」

そう言うとフェフが世界樹の若芽をマジックポーチに収め、会議室を出る。

もちろん、俺たちがしっかりと守っていたから襲われることはなかった。

だけど出た後で、会議室はかなりうるさくなった。

城を出た俺たち。

空が赤い。

……これは夕暮れ？

見える街並みに人の気配があるし、まさか早朝ということはないよね？

「それで、これからどうする？」

どこかで一晩明かさないといけないんだけど。

「うちに行ってみましょう」

と、フェフが言う。

うちというのはフェフたちが暮らしていた家のことだ。

王子に襲われて逃げ出して以来、どうなっているのかわからないという。

あちこちから世界樹の巨大な根が姿を見せ、そこから枝分かれのように木々が育っている。それらの枝が季節感を無視して実を生《な》らせているのを眺めながら、道を進んでいく。

エルフの人たちはここの区画にいないはずの人間の俺を見て目を見張ったり、隣にいるフェフを見て怪訝《けげん》な顔をしたりしている。

「意外に気付かれないものですね」

「死んでいると思われているからじゃないですか？」

「失礼ですね」

なんてことを話している。

「フェフちゃん！」

だけど、そんな中で一人の女性がそう叫んでフェフの前に飛び出してきた。

恰幅《かっぷく》のいいおばちゃんエルフだ。

「ウルズちゃん！　スリサズちゃん！　無事だったんだね!!」

「「「おばさん！」」」

飛び出してきたおばちゃんエルフは三人をまとめて抱きしめた。

話を聞くに子供の頃からお世話になっているおばちゃんであるらしい。

再会を喜ぶ姿はほろりとさせられる。

そうしていると、なんだなんだと人が集まり、彼らもフェフの生還に驚き、喜んでくれた。

だけどすぐにこの国の心配が零《こぼ》れてくる。

「明日には、方針が決まりますからその時に」

フェフは淡い笑顔でそう答えてみんなと別れた。

それから住んでいたという家に向かう。

おばちゃんたちの情報から、近づけなくされているけれど外から見た様子だと大丈夫という言葉をもらい、向かってみる。

塀に守られたその家は、庭は広いけれど建物はそれほどでもなかった。

門には鎖がかけられていたけれど、俺が引っ張ると簡単に引きちぎれた。

近づけなくさせていたという兵士の姿もない。

広い庭の真ん中あたりには大きく掘り返されたような跡がある。

それを見た瞬間、フェフの瞳が壮絶な光を宿したのを俺は見逃さなかった。

「ここに、フェフの世界樹が？」

「……はい」

「そっか」

なにをどう言えばいいのかわからず、俺はただフェフの隣に立つだけにとどめた。

やがて、彼女は俺の腹に顔をうずめてひとしきり泣いた。

落ち着いてから家に入る。

玄関が壊れていたけれど、他はそれほどでもなさそうだ。

ご飯は会議前に一応食べているし、とりあえず寝るだけかなと寝室だけ掃除することにした。

掃除をして、台所でお湯だけ沸かして順番に体を拭い。

それからみんなで寝た。

「…………」

だけどすぐに目が覚めてしまった。

スキル【危険察知＋２】のざわめきに起こされた。

暗いままの部屋でそっとベッドから抜け出て、窓から外を確認する。

日が昇るかどうかぎりぎりの時間。

カーテンを少しだけ開けてなんとか視線を動かしてみると、庭に入り込もうとしている影があった。

「…………」

少しだけ考えて部屋を出ると、廊下にクレセントウルフを配置してから玄関に向かう。

いまは街中で活動するために普段着姿。

腰には、持ち歩きに便利そうだと手に入れたまま出番のなかった十手があるだけ。

でも、とりあえず問題ないだろう。

玄関に辿《たど》り着《つ》くと、ちょうど不埒《ふらち》者たちは壊れた玄関から音を立てないように入り込もうとしているところだった。

……ので、順番に十手で頭を打った。

【忍び足＋2】【隠密《おんみつ》＋3】【軽妙】【不意打ち強化＋2】【戦棍補正】がばっちり仕事したので気付かれることもない。

十手は【血装】で強化しているので、血が飛び散ることもない。

【制御】を外す必要もなかった。

「うっ！」

驚きの声を上げそうになったエルフの首を握り潰し、外で順番待ちしていた連中に投げつける。

「うわっ！」

声を上げられた。

俺の聴覚がベッドで跳び起きる音を拾う。

ああもう、スリサズが起きた。

まったく。

反撃の余裕を与えることなく全員の頭を叩《たた》く。

うん、十手は使いやすい。

手早く振り回すにはちょうどよかった。

血泥に変わった連中をブラッドサーバントに変化させて、一階の警戒を命じつつ庭を抜けて塀を飛び越える。

「っ！」

そこにさらに数人が待機していた。

一人は、知っている。

彼女らの前に立ち、尋ねる。

「どういうつもりかな、ナディ？」

そう、ナディだ。

「……貴様の目的は世界樹の若芽だったはずだ」

絞り出すように、そう言った。

「ならば、フェフ様が持っているもの以外にも、あるな？」

ああ……気付かれた。

ナディは覚えているかもしれないと思ったけど、やっぱり忘れないか。

成木の世界樹が二つあると力を弱めるんだっけ？

でも、俺のは【ゲーム】の中にあるから問題ないと思うんだけどね。

「それをよこせ。貴様が持って良いものではない」

「……よこせ？　捨てろじゃなくて？」

「…………」

「フェフのがあるっていうのに、それを譲るって言っているのに、俺のもよこせ？」

「貴様が持つ資格のないものだ！」

「資格が欲しければ、あのダンジョンに挑戦すればいい話だろう？　自分で潜りもしない奴《やつ》の言う言葉じゃないな」

「黙れ！　それは我々エルフの……」

「ああもういいよ」

本当にこの女は、自分の都合しか囀《さえず》らない。

誇りだけが暴走する落ち目の騎士って感じ？

正直、みっともないだけだよね。

接近して、ナディの周りにいるエルフたちの頭を叩く。

彼女には周りの仲間が同時に頭を爆発させたように見えただろうね。

そして俺は彼女の前にいる。

「え？」

「お前には恥をプレゼントだ」

そう言うと、軽く殴って気絶させた。

それから手足を縛り、【ゲーム】で木材を買って十字架を作ると、それを門前に突き刺してナディを引っかけた。

『私は夜に他人の家に押し掛ける卑怯者《ひきょうもの》です』

という看板を首から下げておく。

この襲撃が庶民派とかいう集団の総意なのか、その中のナディを中心とした一部の暴走だったのか知らないが、この一件はおそらくいまも話し合っている連中の耳にも届くだろう。

それでまたどういう風に話が動くのか。

知ったこっちゃないと俺は家に戻り、起きてしまった三人に平謝りした。


なんとなく予想はしていた。

朝一でやってきた使者が伝えてきたのは、期限の延長を求める内容だった。

話し合い、しかも一晩程度で国の権力者を決めることができたら、世界はもっと平和だよね。

昨日のナディみたいなのがもっとやって来ない点では、エルフはまだ平和的なのかもしれないけれど。

あるいはナディの失敗を見て様子見に移ったとか？

フェフは冷静だった。

「わかりました。ただ、時間がないということはお忘れなく。決まった時には王から預けられた若芽が腐っていたとなっていても、私は責任を取れませんとお伝えください」

フェフの伝える物騒な内容に、使者は顔を青くして帰っていった。

「さあ、今日は自由です！」

使者を見送ってパッと振り返ったフェフの顔は明るかった。

まずは壊れた玄関の修理をみんなでした。

とはいえ本格的なものではない。

扉に開いていた穴に板を打ち、壊れた金具を取り換えた程度だ。

金具は屋敷の倉庫みたいなところに置かれていた。

他にも予備っぽいどこかの材料があったりした。

それが終わると街の外を歩き回った。

フェフたちのよく遊んだ場所を教えてもらったり、彼女たちのことを心配していそうな人のところに顔を出したりした。

祖王が、ルフヘムのエルフは菜食偏重で小さいと言っていたのは事実だったようで、出会うエルフのほとんどが細くて小さい。

会議室に集まっていたエルフのほとんどもそうだったし、昨日のおばちゃんエルフやナディは例外なのだろう。

昼食はその人たちにごちそうしてもらった。

野菜の炒《いた》め物《もの》やフルーツの蜜漬け、香草を練り込んだパンなんかをごちそうになった。

夕方になって戻る。

門の前に架けられていたナディがいなくなっていた。

そこまで気にすることではないので家に入る。

復讐《ふくしゅう》に来たら今度こそ仲間のところへ送ってやるだけだ。


次の日。

またも使者が来て延期を願った。

「ご自由に」

フェフの返答は冷たかった。

その日も街を回り、フェフを知っている人たちに自身の無事を伝える。

昨日の人たちも集まって、宴会みたいになった。

エルフの国の特産に果実酒とハチミツ酒があった。

果実酒はわかるけど、ハチミツ酒？

聞けば、世界樹で果実が生る場所などでは花も咲くらしく、養蜂で蜜を集めているのだという。

なにげに世界樹からの実りを享受するだけのダメな連中なのではないかと疑っていたのだけど、ちゃんと技術を磨いたりもしていたらしい。

まっ、【ゲーム】から利益をもらっている俺の言うことではないんだけど。

ハチミツ酒は美味《おい》しかった。

昨夜は街のどこかで大きなぶつかり合いがあったらしい。

どうやら話し合いの背後で腕っぷしでの決着を進めているようだ。

どことどこがぶつかったのかは不明。

「話があります」

「はい」

夜。

ベッドでフェフが正座で言った。

二人もそうしているので、俺もあわせて正座になる。

フェフはこの二日、【風精シルヴィス】を使って街の声を集めていたのだそうだ。

使い方を模索している内に、そういうことができるとわかったという。

それによると、会議室での話し合いはほとんど進んでいないことがわかった。

現王派と王子派に分かれていた大臣たちはさらに分裂し、庶民派もナディの失敗で多少勢いが削られつつもいまだに強く、大臣たちを力で排除することを望んでいる。

「そして誰も、世界樹を捨てるという選択をする者はいませんでした」

「ん〜」

まぁねぇ……。

代々のエルフ王の理想もわかるけれど、誰だっていままでの生活の基盤がなくなるぞと言われて素直に了承できるわけもなく。

俺に例えれば、「チートをなくして普通のおじさんに戻るか？」って聞かれるのと同じだ。

答えは絶対にノー。

「おっさんか死か」と言われたら死を選びそうだ。

悪意ある解釈をすれば、代々のエルフ王がしたことはただの契約不履行でしかない。いきなり真相を知らされた国の重鎮たちに、エルフ王が辿った思考の過程を理解できるわけもなく、権力欲が先に勝つのもしかたがないことだろう。

「フェフはどう考えてる？」

「父は、もっとうまく立ち回れたんじゃないか……とも思います」

「うん、でも、代々の決まり事を壊すっていうのはなかなか難しいよ？」

とはいえエルフ王にも同情の余地はある。

伝統という被《かぶ》り物《もの》をしてしまった決まり事を覆すのは、たとえトップであっても難しかったと思う。

それがうまくいっていればいるだけ、そうだろう。

いまはこんな風に壊れているから、変化の好機となった。

エルフ王の功績はまさしくこの一点に絞られる。

いま、フェフの持っている世界樹の若芽を求めている連中は、エルフ王の失敗を聞き、それを繰り返さないやり方を考えているだろう。

フェフもそれがわかっていたから、あの会議室で世界樹を捨てるという選択肢を提示しなかったのだと思っている。

「ダンジョンとちゃんとした共存をするなら挑戦者を受け入れなければいけない。だけど、受け入れれば新たな世界樹の若芽を得ようとする野心家たちは必ず現れる。それをどう制御するのかが、今後の課題だよね」

失敗すれば、地上のあちこちに世界樹ができて……そうなると一本ごとの実りの力が弱まるんだよね？

いつか、エルフたちを養う力が失われるかもしれない。

「うん。でも、実は一つだけそういう心配のない場所があるんです」

「え？」

ぎくっとした。

フェフが俺をじっと見ている。

あ、これは知っている？

「父と待っている時に、教えてもらいました。アキオーンさんが手に入れた世界樹は特殊な場所で無事に根を張り、そして世話をする者を求めているって」

「ははは……」

その通り。

実は新たなクエストが発生していたりする。

あの時、【ゲーム】を起動して新領地を確認すると大きな世界樹が中心に据えられているという光景を見ることになった。

そして、役所では新しいクエストが発生していた。

『新住民募集クエスト

新たな領地を世話する住民を募集します。今度はちゃんと働いてくれますよ』

なんていう文言かと。

まぁ、既存の住民は確かにいるだけで特になにもしてくれないけどさ。

でも、その新住民をエルフたちにする？

そういうつもりはなかったんだけど。

「私も父から聞いた時にはその気はありませんでした。でも……お世話になっていた人たちの無事を確認したら、あの人たちのことを放っておくのは悪い気がして」

「そうだねぇ」

そういう考え方はわかる。

「もしもの時はお願いしてもかまいませんか？」

「……無理強いはよくないからね？」

「はい」

なんだかそういうことになった。


あれからまた三日が過ぎた。

大臣たちからは延期を願う使者が毎朝送ってこられていたのだけれど、ついに今日、大きな変化があった。

「包囲されてるな」

「包囲されてますね」

深夜のこと。

大きな気配の動きに目を覚まして外を確認すると、兵士たちが塀に沿って並ぼうとしているのが見えた。

ついに力押しか？

……と思ったけれど攻めてくる様子はない。

こちらには背を向け、どちらかというと守っているように見える。

鎧《よろい》姿の使者が来た。

どうやら以前のナディたちの襲撃を例に挙げ、俺たち……というかフェフを守るためにやってきたらしい。

「……という名分で私たちの身柄を確保したつもりなんでしょうね」

そう言ったフェフの機嫌が悪い。

彼女はここ最近、【風精シルヴィス】を常に使って周囲の音を拾っている。

きっと、包囲している兵士たちの上司か、その上にいる誰かの言葉を拾ってしまったのだろう。

「それにしても、これだと外と連絡が取れないな」

フェフたちの知り合いを【ゲーム】の中に引き入れるという話はどうしたものか。

と思ったけれど、これもまた【風精シルヴィス】で解決だという。

音を聞き取れるように、こちらから音を運ぶこともできるのだそうだ。

便利だなぁ。

それから流れで勧誘の進捗状況の話になった。

例の恰幅のいいおばちゃんエルフの一家を中心に十家族に話をし、いまのところ承諾しているのは三家族だという。

他の者もフェフたちと顔見知りの者は前向きなのだが、家族の説得に難航しているらしい。

正体不明の場所に引っ越すなんて話なのだから不安になるのはわかる。

とはいえ、あまり時間がなさそうなのも事実。

【植物共感＋10】はなくなったけれど、【樹霊クグノチ】がその能力を引き継いでいる感覚がある。

ダンジョンだとなんの役にも立たなかったのだけれど、ここだと意識を集中するとなにかの意識を拾い取ることができる。

おそらく、この土地に根を張った世界樹の意識だ。

契約しているエルフ王が亡くなったせいか、生気を感じられない。

老衰一歩手前の人を見守っている気分だ。

「まだ、アキオーンさんに妖精祝福の木材をお渡しできていないのに」

「ああ、そういえば」

ちょっと忘れてた。

「まぁでも、なにがなんでもクエストを達成しないといけないってわけでもないし。無理する必要はないよ」

安全第一。

これが一番。

うん。

というわけで、当面の安全強化を図る。

包囲している連中がそのまま攻めてくる可能性だってあるわけなので、クレセントウルフを常時召喚して家の中を見張らせておく。

後は……普通に窓とかを板で防いでおくしかやることはないかな？

朝になって包囲した兵士たちからの使者がやってきた。

持ってきた手紙の内容は庶民派がフェフを狙っているので守るというもの。

まぁ、あなたを確保しておきたいなんてことは書かないか。


それからまた数日が流れる。

フェフたちは、いつまでも世界樹の若芽の継承者が決まらないことには無関心だったが、連絡を取っている人たちの決心がつかないのを気に病んでいた。

あれから二家族が加わっただけで、残りの五家族はいまだに決めかねている。

不安な気持ちはわからないこともないけれど、もうそんなことを言っている場合でもない。

【夜魔デイウォーカー】を起動すれば空気に満ちる血の濃さがよくわかる。

毎夜……いや、もはや日中だろうとかまわず、そこら中で小競り合いを起こしている。

【樹霊クグノチ】は世界樹から放たれる死の臭いを感じている。

そしてそれはフェフの持っている世界樹の若芽からもしてきつつある。

フェフと相談して、とりあえず承諾してくれている人たちだけでも【ゲーム】に移すことになり、夜闇に乗じて包囲を抜けた。

俺がフェフたちを抱え、スリサズが【影の住人】で全員を影で覆う。

そうして説得の終わった五家族を回った。


住人を迎え入れるのは【ゲーム】内の役所で行えた。

新機能の説明はすでに熟読済み。

住民移住を選択するとコントローラーの前部分にあったセンサーみたいな部分が光り、地上に円を作る。

そこに対象の人たちを入れる。

最後に意思確認をして五家族を順に迎え入れた。

【ゲーム】内の新領地では新しい建物が作れるようになっていた。

新しい住民のための建物や食堂、そして収穫物を収めるための蔵などだ。

けっこうなお金を持っていかれた。

最近、【ゲーム】内の金策はあまりしていない。

とはいえ、【ゲーム】内の資産とこっちの俺の資産だとまだまだ圧倒的に【ゲーム】が勝っている。

わざわざこっちのお金を回す必要もない。

でも、どこかでがっつり【ゲーム】の金策もしておかないと……。

なんか、このままこっちのお金を消費させるクエストが発生していきそうな予感。

そんなことを考えつつ、迎え入れ作業が終わり、【ゲーム】に映った五家族のエルフがやや途方に暮れた様子で新領地を歩いているデフォルメ姿を眺めていると……。

ゴ……と。


地面が揺れた。

「地震?」

三人を引き寄せてその場で伏せる。

かなり激しい揺れだ。

「ち、違います」

揺れの中でフェフが叫ぶ。

その声に彼女を見て、俺は凍り付いた。

彼女の肌に緑色の筋が走っている。

しかもそれはウルズとスリサズにもあった。

「アキオーンさん……」

「フェフ! みんな! なにが……」

「はやく……私たちを、あなたの領地に……」

「え?」

「そこなら、大丈夫……」

「くっ……」

瞬間、すさまじい葛藤に襲われた。

まだ閉じていなかったから【ゲーム】の画面は展開されている。

そこにいるエルフたちに変化が起きている様子はない。

だとすれば、【ゲーム】の中へ移れば、いまフェフたちに起こっているなにかを避けることはできるのだろう。

彼女もそう言っている。

だけど……。

【ゲーム】からこちらに戻る方法があるのかどうか、わかっていない。

だけど……この地震とフェフたちの変化、関係ないとは言えない。

いま、判断を誤ってフェフたちに取り返しのつかないことが起きたら……。

「くそおおおおお！」

叫んで、フェフたちを【ゲーム】に受け入れる手続きをする。

「ごめんなさい」

フェフのその声は途中で姿とともに掻《か》き消《き》えた。

彼女たちの姿が【ゲーム】内に表示される。

彼女たちのいた後には、なぜかそれが転がっていた。

青リンゴ……いや、いまはもう赤黒い崩れかけの腐ったリンゴがある。

落ちた拍子に割れたのか、中にあった大きな種は周りとは逆に乾燥したように崩れていた。

フェフの持っていた世界樹の若芽に限界が来たのだ。

まさか、こんな形で終わりが来るなんて。

悔しさが全身を震わせる。

一体なにが起こっているのか、無人になった家を踏み出して外に出ると、そこには崩れ落ちる世界樹の姿と、全身を植物に飲み込まれつつあるエルフたちの姿があった。

††元現王派大臣††

もともと、たいした野心などなかった。

いや、野心という言葉さえ考えたこともなかった。

ただ世界樹の実りをルフヘムの民に分け、余剰分を周辺国へと輸出する。その仕事を淡々とこなすだけの日々であり、それに満足していた。

生活に困ることがなく、他のことをする余裕もある。

それ以上のことを望む必要もない。

ルフヘムは地上の楽園であると本気で信じていた。

だがある日、その楽園に陰りが生まれた。

それは噂《うわさ》からだった。

王子や姫たちに渡された世界樹の若芽。そこから育った幼木たちの様子があまりよくないというものだった。

その噂は大臣たちの中で共有されるほどとなり、相談の結果、王に尋ねた。

王は問題ないと答えた。

大臣たちは誰もその言葉を疑わなかった。

王はまだ若く、その世界樹も雄大だった。

この治世はまだ百年以上続く。

ならばいまの王子や姫たちが駄目だろうと、次の王子や姫たちに世界樹の若芽を託せばいい。

その後に起こった王子の暴走はぞっとさせられる事件ではあったが、王が無事であるならなんの問題もないことだった。

だからこそ、王が豊穣の樹海から戻ってこないという事態は大臣たちを、ひいてはルフヘム全体に動揺を生んだ。

王こそがこの国で絶対の存在。

王に問題が起これば国全体が沈む。

しかも、跡継ぎ候補たちが全員、世界樹を失っているという状況は最悪の中の最悪の事態だった。

そんな時に庶民派を名乗る一団が誕生した。

「王族の立場が不安定となったいま、豊穣の樹海を解放し、世界樹から新たな加護を得る挑戦権を民が手に入れることこそが、ルフヘムを救う手段だ！」

なにを愚かな、と思った。

だが同時に、全身に衝撃を受けたのも事実だった。

王に頼ることが当たり前のこの国だが、王があの一族でなければならない理由はない。

その事実に初めて気付いた。

少し考えれば当然のことのように思える。

当然のことなのだが、考える必要がなかったから気付かなかった。王があの血筋でなければならない理由は、世界樹の秘密だけだ。

その秘密を知ることができれば……。

しかし、しかししかし……王への忠誠心という名の依存が強くもあった。

そんなことは考えるべきではないという思考が愚かな、という感想を生み出し、いままでの価値観を守った。

庶民派という存在は、少しでも国を憂う考えを持つ者にとって劇物のような存在となった。彼らは瞬く間に勢力を広げていったが、そうすればその存在を恐れて排除すべしという考えもまた当然の流れとして誕生し、ルフヘムにエルフ同士の血で血を洗う戦いを生んだ。

庶民派の誕生、そしてこの戦い、それらは大臣たちの心に一つの芽を生み出していた。

自分で思考すること。

自分なら、この国をどうするかということ。

そしてその芽は、死んだと思われていたフェフ姫のまさかのダンジョンからの帰還、エルフ王の訃報……そして差し出された世界樹の若芽によって一気に芽吹いた。

野心という名の大樹へと一気に成長した。

だが、その成長は残念ながら正しい成長とは言えなかった。

野心は彼らの中にあった国の危機という言葉を消し、ただひたすらに次の王位を求めた。

その結果、フェフ姫の区切った期限さえも守れないまま、自滅という終着点に辿り着いてしまった。

††■■■††

世界樹が枯れて崩れていく。

ルフヘムの地中深くに縦横無尽に存在する根まで全て崩れていくのだ。

穴だらけになった地面は地上の重さに耐えきれずに沈んでいく。

そして、ダンジョンの悪意はそれだけではない。

いや、これは悪意なのか？

当初の契約を屈辱と受け取った初代エルフ王こそが悪なのか。

ダンジョンとの共生契約をしたのはエルフ王だけではない。

この地に住むルフヘムのエルフたち全てなのだ。

共生の契約なのだ。

片方が死ぬというのに、もう片方だけが生きるということはない。

そして、裏切りを知ったダンジョン……あるいは世界樹がエルフたちをただ殺すわけもない。

当代のエルフ王が拒否したとしても、跡を継ぐ者がいればまだ問題はなかった。

だが、誰も継がなかった。

その裏切りに対しての怒り。

そう、これは怒りの報復だ。

ルフヘムのエルフ全てがそれを受けなければならない。

自らがなにを食べていたのかを思い出し、一つになればいい。

††††

崩落？

地盤沈下？

そこら中で地面に穴が開き、建物が飲み込まれて落ちていく。

そして外に転がり出た人々は、崩れる地面にかまうことなく必死に自分の体を掻きむしっている。

彼らの体から溢《あふ》れ出るのは血ではなく、木の葉。

若々しい緑色の葉が次々と肌の下から現れ、飲み込んでいく。


『アンガーパラサイト：怒りの寄生植物』


【鑑定】の結果がふざけている。なにかの映画のタイトルか。

「くそ、くそくそくそ……」

フェフたちがいなくなった苛《いら》立《だ》ちのまま、崩壊するルフヘムを睨《にら》む。

なにこの怒りをぶつければいいのか？

〝……えせ〟

唐突に、頭の中に声が響いた。

〝返せぇぇぇぇぇぇぇぇぇ〟

うるさい叫び声とともに、それは枯れ切った世界樹を突き上げて姿を現した。

『樹竜ユグドラシル：■■■の一部。ダンジョンの残滓《ざんし》』

……返せってどういうことだ？

それはもしかして、フェフたちのことか？

ふざけるな。

お前が余計なあがきをしなければフェフたちを【ゲーム】に退避させなくて済んだんだ。

ただで済むと思うなよ。

【一括装備変更】でゴーストナイト装備に変更。

俺は樹竜ユグドラシルに突撃した。

††巻き込まれた商人††

その商人は小国家群内の一つの国から食料の買い付けに来ただけだった。

ルフヘムは外部の者を都市内の外側の区画までしか近づけない。商人のいたそこには野菜を酢漬けなどの保存食にするための工場が集まっており、その商人以外にも多くがそこに集まっていた。

最近はルフヘムもなにやら物騒になっているという噂を聞くが、外部の人間が多いこの辺りはむしろ静かなもので、商人もただの噂としか思っていなかった。

ルフヘムのエルフは外から来た者に対して傲慢に対応する面があるが、仕事は確かだしその態度が不当な取引に繋《つな》がることもないので気にしないようにしていた。

それに、そういう態度は他方で結束の強さを物語ってもいる。

だからこそ、ルフヘムのエルフが内輪もめをしているなんてありえないと考える根拠となっていた。

だがこの夜、その噂は予想以上の規模で彼らの前に姿を現した。

まずは、激しい地震。

地震など体験したことのなかった人々は恐怖のあまりその場から動けずにいた。

しかし幸運というべきか、世界樹の根が届いていないこの辺りは被害がほとんどなかった。

その次に聞こえてきたのは、天を衝《つ》くような咆哮《ほうこう》だった。

恐る恐る外に出てみれば、区画を分ける壁がそこら中で崩れ、あちこちで火の手が上がっている。

寝静まっている時間だったとはいえ、明かりの火がまったくないということはない。それらの火が倒壊した家屋に燃え移っている。

月の明かりが弱い夜だった。

だが、あちこちで上がる火の手が篝火《かがりび》となってそれの輪郭を映す。

区画の壁越しにいつも見上げていた世界樹の威容を押しのけ、それは吠《ほ》えている。

大樹に負けない太さと大きさのそれが伸びあがるようにして空に向かっている。

形は……芋虫というべきか。

腹部分には胴体と比べると小さく、コブのような足が等間隔に並んでいる。

背中側にはこちらも胴体に比べると小さな木がやはり規則性をもって生えている。

空に吠える口は大きく、開いたそこにはヒゲのような触手が揺らいでいる。

「な、なんだあれ？」

茫然《ぼうぜん》とそう呟《つぶや》く。

現実から乖離《かいり》していた意識は、そこかしこから聞こえる悲鳴が耳に入ると戻ってきた。

「逃げ……逃げないと……」

買った商品はどうするか？

全財産とまではいわないが、馬鹿にできない額を使っている。

だが、いまのこの状態で荷馬車に馬を繋いで逃げるなんてまねができるか？

「ええい！」

覚悟を決めると、その商人は部屋に置いていた手荷物だけをなんとか持って街の外へと逃げ出した。

これが、功を奏した。

その後に起きたのは大きな芋虫のような魔物と、人間大の大きさのなにかとの激しい戦いだ。

戦いはルフヘムの都市中を動き回り、そこら中を問答無用に破壊した。

その被害は商人たちのいた区画も蹂躙《じゅうりん》し、無事なものはなにも残らなかった。

その後、逃げ出した商人などの外部の者が周辺の国に駆け込み、ルフヘムの異変が知れ渡ることになる。

それから調査の兵士や冒険者が派遣されることになるのだが、到着したのは最も早かった集団で十日ほどかかった。

その時には巨大な魔物の姿はなく、エルフの姿もなく、ただ、荒廃したルフヘムの都市が残るのみだった。

†　†　†　†　†

三日かかった。

怒りに任せて戦い続けた結果、勝つのにそれぐらいかかった。

途中で一度我に返ってあの斧《おの》で叩いてみたけれど三打で倒すことはできなかった。

見た目の割合的に芋虫の方が多かったからかな？

そんなことを考えるのも、怒りが落ち着いたいまだから。

「ああもう……」

我慢ばっかりの人生だったからなぁ。
こう……怒りをごまかす方法は知ってても、うまく吐き出す方法はわからない。
とはいえ、さすがにここまで怒ったのは人生初だったわけだけど。
気分が落ち着かないのでステータス確認。

名前：アキオーン
種族：人間
能力値：力６００／体８６８／速４６７／魔４０７／運５
スキル：ゲーム／夜魔デイウォーカー／樹霊クグノチ／竜息／盾突＋２／瞬脚／装備一括変更／制御／忍び足＋３／隠密＋３／軽妙／威圧＋４／眼光／挑発／倍返し／眷族《けんぞく》召喚／不意打ち強化＋３／支配力強化＋２／射撃補正＋３／剣術補正＋７／斧術《ふじゅつ》補正／槍術《そうじゅつ》補正／短剣補正＋４／拳闘補正＋２／戦棍補正／投擲《とうてき》補正＋１／盾術補正＋４／嗅覚強化／視力強化／孕《はら》ませ力向上＋１（封印中）／精力強化＋１／毒耐性／痛覚耐性／再生／危険察知＋２／スリ＋２／逃げ足＋１／人攫《さら》い／女たらし／御者／乗馬／交渉＋１／宮廷儀礼＋３
魔法：鑑定／光弾／水弾／氷矢／火矢／炎波／凍結／毒生成／回復／解毒／明かり／対物結界／対魔結界／斬撃強化／打撃強化／分身／身体強化
条件付きスキル：

いろいろスキルが強化された。

戦闘中に成長したのもあるし、前にナディの襲撃を撃退した時にエルフから得たものもある。

あと、【竜息】というスキルを獲得した。

ドラゴンブレスかと思ったけど、そうじゃなくて肉体強化系のスキルだった。

そして、【仮初《かりそめ》の幽者】を失った。

原因はゴーストナイト装備一式が壊れてしまったから。

三日間戦いっぱなしは過酷だったようで戦闘後半あたりでボロボロに崩れてしまった。

あの時が一番危なかったけれど最終的にはなんとかなった。

生き物なら【血装】が効くので地道に内部に侵入させ、それを媒介に【毒生成】の魔法で内部に猛毒を叩き込み続けた。

最終的には大量の血泥になった。

とりあえず【ゲーム】に入れたけれど……。

「おおう……」

新領地にはフェフたちがいる。

【ゲーム】内の他の住人に似た雰囲気にデフォルメされた三人。

見ていると切なくなるけど、見ていないのも辛《つら》い。

《ピコーン！　お手紙が届きました！》

いきなり頭の中でシステムメッセージが届いた。

「は？」

お手紙？

あ、ああ……住民から手紙が来ることがあるね。

ええ、いま？

ていうか、わざわざシステムメッセージで伝えられたのは初めてなんだけど……。

……そうか、初めてか。

気になって自分の屋敷の前にあるポストを見てみた。

『アキオーンさん
フェフです。こちらから私たちの気持ちを伝える方法を探していたら住民の方が手紙のことを教えてくれました。特徴的な方々ですけど良い人たちですね！

私たちは元気です。アキオーンさんが用意してくれた住居もありますし、世界樹からの実りがすでにいっぱいありましたのでそれらを収穫して蔵に収めています。有効に使ってくださいね。

まだほんの少ししか経《た》っていませんけれど、こちらからそちらに戻る方法はなさそうです。

でも、希望がないわけではないと思います。

役所の人が言っていました。「クエストを進めろ」って。

それにウルズにも考えがあるみたいです。

私たちはあなたの妻です。
それは絶対に変わりませんからね。
再会を夢見ています。
フェフ』

……泣きそう。
俺だってフェフたちは奥さんだと思っている。
前の人生と合わせて八十年、最初の親たち以来の家族だと思っている。
失いたくはない。
「クエストを進めろ……か」
いまあるクエストは工房拡張か新住民募集の二つか。
新住民募集は違うよね。
ていうか、いまのところ増やす気はない。
となると、残るは……工房拡張か。
魔導研究所が増えるんだっけ?
たしかに、なにかできそうな雰囲気がありそう。
「でも……なんだか踊らされている感があるなぁ」
軽口だ。
希望があると心が少し楽になる。

俺は乾いた笑いをこぼしながら、ハタと気付いた。

「あ、妖精祝福の木材……」

ここにあるんだよね？

残ってるのか？

……無事か？

「やばっ！」

慌てて俺は、ルフヘムの城があった辺りを目指した。

番外編01 過ぎ去りしエルフの庭よ

かつて小国家群と呼ばれた連邦の中央には広大な空き地がある。

魔境にもならない不可思議な木々の群生地帯。

その中央にある、死んだダンジョンの入り口。

そう、死んでいる。

嫌味《いやみ》な温かみのある光を孕《はら》んだ謎の渦は、その色を失い、冷たく黒い虚空となってそこに残っている。

わずかに存在する攻略されたダンジョンの記録では、こういう状態として残るなどという話はない。

攻略されれば、全てきれいに消え失《きう》せるという。

だが、これは残った。

あるいはそれは、このダンジョンがまだ死んでいないという証拠なのかもしれないと、多くの者が期待を込めてここで暮らしたり、あるいは周囲の国が占有したりしたが、一度としてこのダンジョンが、かつてルフヘムと呼ばれた国家の繁栄を夢見させてくれることはなかった。

代わりに、悪夢を撒《ま》く。

結果として人々はこの地を離れ、放置されることとなった。

魔境にならぬ森が残され、魔物にならぬ獣が生息するようになる。結果として周辺の国家は安全に伐採できる木材と狩猟できる獣、そして森の幸を享受できるようになった。

だが、油断はできない。

悪夢があるからだ。


「本当にこの時期に起きるの？」

「ああ、そうだよ」

私の疑問に、案内役となってくれた冒険者が気軽に答える。

この冒険者は魔法ギルドのギルドマスターからの紹介で付けられた。

私が見つけてきたわけではないことが、少し気に入らない。旅を一緒にする相手は自分で選びたい。

その方が安心する。当然でしょう？

私は、魔法ギルドに所属する研究員。

でも、謎のダンジョンの入り口についてはあまり興味がない。王国にとっては、友好的とはいえ隣国のことだし、他にもこの世に謎はいくらでもある。

「本当に大丈夫なの？」

「あなたが大人しく言うことを聞いてくれればね」

嫌な言い方。

私たちは森を進む。

年配の冒険者は、まるで散歩のような足取りで進んでいる。それも気に入らない。

装備も明らかに軽装で、武器も腰に下げた鉄の棒のようなものだけ。

こんなおっさんが本当に役に立つの？

「わかってる？　私の仕事は？」

「記録することでしょ？　知っているよ」

これまでの記録で、もうすぐ例の死んだダンジョンが悪夢を撒く時期となる。

悪夢の正体ははっきりとしていない。

その現象が起き始めたのは、この一帯が森に吞《の》まれてからのことだった。

ある頃から、森の周辺に住む人々が悪夢に苦しむ時期があるようになった。

夢の正体ははっきりしないが、多くの証言に共通しているのは、『黒い怒りに吞まれそうになる』

というものだった。

同じ頃に、森で獣が凶暴になったり、奇妙な遠吠《とおぼ》えが聞こえるようになる。

周辺の人々は薄気味悪く不安な日々を過ごすのだが、それはある日突然に終わる。

一際大きな咆哮《ほうこう》とともに。

そういうことが、もう何度も繰り返されている。

その調査で森の中に入った先人たちが、あの死んだダンジョンの入り口を見つけたのだ。

私の役目は悪夢が撒かれる時期にダンジョンの入り口でなにが起きているのかを調査し、可能なら記録するようにというものだった。

そんな危険な仕事なのに、護衛として当てられたのがこんな中年冒険者一人だなんて、どうかしてる！

魔法ギルドの幹部たちの嫌がらせとしか思えない。

「着いたよ」

「え？」

同僚とか上司への不満を心のクッションにぶちまけていると、冒険者に声をかけられた。

え？　もう着いたの？

森に入って一日も経《た》っていないのに？

嘘《うそ》を吐《つ》かれているのかと思ったけど、目の前には古い瓦礫《がれき》で作られた山があり、その上に黒い球が浮いている。

瓦礫は不思議と歪《いびつ》な階段のようになっており、黒い球へと私を導いている。

冒険者は黒い球には近づかず、階段を上っていく私を置いて、手頃な瓦礫に腰かけている。放っておいて、頂上に向かった。

ダンジョンの入り口は何度か見たけれど、死んだ入り口というのは初めてだ。

興味はなかったけれど、ここまで来てしまえば探求者としての気質が勝手に疼《うず》き、私は心ゆくまでそれを調べた。

触ると奇妙な弾力があり、跳ね返される。中に入ることはできない。湿気《しけ》たような感触があるのだが、触った手に水気が移っているわけでもない。

不思議だなと思いつつも何度も触ったり、様々な反応を確かめるために調査の魔法の幾つかを試したりしている内に、私の魔力はすっかり尽きてしまった。

「こっちに来て休憩しないかい？」

私が立ち尽くしたところで、冒険者が声をかけてきた。

同時に、良い匂いがした。

冒険者の前には焚火《たきび》があり、そこに鍋がかけられていた。良い匂いの元はそこだ。

匂いに釣られて階段を降りる。

器に盛られたスープは牛乳が使われているのか、白かった。野外の料理とは思えないほどに野菜と肉も入っている。

「美味《おい》しい」

「それはよかった。パンもあるよ」

冒険者の出してきたパンも、旅の携行食とは思えないほどに柔らかかった。「甘いのは好き？」とジャムまで出してくる。

「すごい贅沢《ぜいたく》ね」

「食事は美味しい方がいいでしょ」

そんなことを言うこの冒険者は、もしかしてどこぞの貴族の次男三男なのだろうか？

しかしそんなことはどうでもいい。

このスープもパンも、街でだってそうそう食べられないぐらいに美味しい。

お腹《なか》が満ちると魔力も回復してくる。

だけど慣れない遠出の疲れで、眠気もやってきた。

「あっ、眠るのはまだ止《や》めといた方がいい」

「え？」

このまま眠らせてほしかったのに、冒険者は意外なことを言った。

「もうすぐだよ」

なにがと言いかけた瞬間、それが私に襲い掛かってきた。

「あ、あああああああああああああ！」

激しい頭痛。

そして、頭の中に叩《たた》き込《こ》まれる幻像。

闇の中でなにかが渦を巻く。その渦がなにかを吐き出そうとしている。

それが、吠《ほ》え声《ごえ》になっている。

精神の中でだけ響く音となっている。

これこそが悪夢の正体。

この闇は、あれだ。

死んだダンジョンの入り口だ。

私が触れた時は謎の球体でしかなかったけれど、いま悪夢として私の精神の中に幻影を叩きつけてくるこの存在は、ダンジョンとしての姿を復活させんがためになにかを振り絞ろうとしている。

いや、吐き出そうとしている？

なにを？

ああ、それはきっと、ろくでもない存在に違いない。

「大丈夫だよ」

ふっと投げかけられたその声が、私から頭痛を取り払った。

あの冒険者の声だ。

はっと気付けば、私の周りに魔法の守りがある。

いつの間に？　もしかして、こんなに早く森の奥に辿《たど》り着《つ》けたのも魔法のおかげ？

だとすれば、この冒険者は魔法使いとして、私よりもはるかに上の使い手ということになる。

己の精神をむちゃくちゃにされて、現実を見ることができなくなっていた。魔法の守りがその強制力を取り払い、私は現実にあるそれを確認することができた。

黒い球。

死んだダンジョンの入り口が渦を巻いている。

ダンジョンの入り口の渦は、基本的に右回りなのだが、いま黒い球は左回りの渦を形成している。

なにかを吐き出そうとしている。

「じゃあちょっと片付けてくるんで」

「え？」

驚きに冒険者を見ると、その手にはいつのまにか目を見張るような美しい長剣が握られていた。

ほぼ同時に、咆哮《ほうこう》が現実の耳を叩く。

ダンジョンの入り口からなにかが出てこようとしている。

狭い場所からむりやりに体を捩《ねじ》りだそうとするそれは、強制的に蛇の形にされているように見えた。

その存在に対し、冒険者は瞬く間に距離を詰めた。

剣を振った……のではないかと思う。

実際のところは、私には冒険者の動きは速すぎてなにがなんだかわからなかった。

ただ、結果としてそこにあるものから推測すれば、そういうことなのだろうと思うしかなかった。

黒い渦から生み出されようとしていたなにかは、消えてしまった。

跡形もなく。

回転を止めた黒い球だけが、そこに残る。

「まったく、しつこいね」

冒険者は少しうんざりとした様子でそう呟《つぶや》いたものの、振り返った時にはそんな感情は少しも見せていなかった。

「さて、どうする？　このまま帰る？　それとも一泊してからにする？」

「帰りましょう」

よくわからないけれど、私はこれを見るために派遣させられたのだろう。

この冒険者がちゃんと仕事をするかどうかを見るために、嘘を吐かれたのだ。

帰ったら文句を言おう。

そう固く決心して、近づいてきた冒険者に腕を引かれて立ち上がった。

番外編02 なにもない日

貧乏性なので、なにもない日の過ごし方がいまいちわからない。

それに、こういう時にどこにいればいいのかわからない。喫茶店なんかはあるけれど、お茶を楽しむだけで何時間も過ごせないし、ウィンドウショッピングというのもピンとこない。

必要な物があれば【ゲーム】でなんとかできてしまうのは、こういう時に困りものだ。

なんて考えていたら、いつのまにか冒険者ギルドの酒場にいた。

薄い酒をちびちびと飲みながら、考える。

この暇潰しは不健全だ。

こんな調子なら、森に行って薬草採っている方がまだ健全に暇を潰せている気がする。

そうする？

やっちゃう？

なんて考えていたら……。

「ああ、もう……」

ギルド職員の人が、なにかぶつぶつ言いながら掲示板になにかを貼りだしている。

なんだなんだとすぐに人が集まってきたので、動き遅れた俺は、人混みが去るのを待つことにした。

「うげぇ、マジかよ」

「そういう依頼はいらねぇよう」

「ポーション作れないの困るんだけど？」

「輸送の仕事が減るか？」

掲示板を見た冒険者たちがそんなことを言い合っている。

人混みが減った頃に見に行くと、そこにはこう書かれていた。

『王都の森で大型の魔物との遭遇報告が発生。そのため、一時的に森への侵入を禁止する。魔物退治を希望する者は依頼を受けて行動するように』

なるほど。

冒険者たちの悲鳴の理由がわかった。

王都の森で発生する依頼……仕事は、王都で暮らす冒険者にとって、けっこう重要な位置にある。

日雇い仕事が主な鉄等級にとっては、なにかあればあそこで薬草を採っていれば、最低限の収入にはなる。他にも薪《まき》集めだったり、浅い層で採れる山菜やキノコだったりも収入になる。

戦闘ができる銅等級以上だと、薬草採りたちよりも深い層に入って、より高位のポーションや薬の素材を集めたり、あるいは採集者の護衛をしたりもする。

王都に暮らしている錬金術師なら、ポーションの素材となる薬草のほとんどがあの森で採れているので、作ることができなくて困ることになる。

ポーションが生産されなければ、それを他の街に運ぶ仕事も減るので、結果、冒険者たちの護衛の仕事も減る。

なら、その魔物を倒せばいいのだけれど、掲示板に一緒に貼られた『森の魔物調査または退治』依頼の札は残っている。

ダンジョンでたくさんの魔物を相手にすることを考えると、けっこう美味《おい》しい報酬額になっているのだけど、誰も取らない。

それには理由がある。

王都の冒険者は魔物退治に慣れている者が少ない。

というか、そういう仕事が少ないので、結果的にそういうことに慣れていたり、主要な稼ぎにしている者は王都から離れてしまう。

王都で戦闘できる冒険者のほとんどは隊商の護衛をしているので、対人戦には慣れていても、魔物との戦いは得意ではないことが多い。

「ううん」

森が利用できなくて一番に困るのは、俺が薬草を買っているような子供たちだ。

仕方がない俺がやるかと思っていると、さっと依頼札を取られてしまった。

おやっとそちらを見ると、知らない顔だ。

精悍《せいかん》な顔の若者だった。

若者の背後には仲間もいるようで、彼らは少し得意げな顔をして、残っていた冒険者たちの間を抜けて受付へと向かっていく。

依頼札を取らなかった他の冒険者たちへの当てつけだというのはすぐにわかり、周りに嫌な雰囲気が流れた。

まぁ、誰かがやってくれるならそれでいいか。

再び酒場に戻ってぼへぇとしていると、一度出て行った彼らが戻って来た。

それから酒場と依頼掲示板の境界線のような場所に立ち、こちらに向かって声を放つ。

「これから森に魔物調査に向かうのだが、誰か荷物持ちに雇われてくれないかな？」

ニヤニヤとしたその顔が、こちらを挑発している。

なんでこんなに挑発的なんだろうかと、イラつく空気を感じながら首を傾《かし》げる。

「長期の調査になるかもだから大荷物を用意してしまってね」

実際、彼らの側《そば》には特別製らしき大きな背負い袋が用意されている。

「どうかな？　報酬は弾むよ？」

「……ちなみにおいくら？」

シンとした空気に耐えられなくなって、手を挙げてしまった。

なにしてるんだかなぁと思いつつ、値段交渉を開始する。

それなりに粘った結果、けっこういい額になった。

「ちっ、ちゃんと運べるんだろうな、おっさん？」

「問題なし」

背負ってみせると、若者は驚いた顔をし、そしてまた面白くない顔になった。

「それなら、付いてこい」

「いまから？」

もう昼だけど？

明日からかと思っていた。

「いまからだよ、来い！」

他の仲間も反対しないから、どうやら本気のようだ。

パーティメンバーの紹介もなかった。

ただ、後ろから【鑑定】してみた。

気付いた様子がなかったので全員を覗《のぞ》かせてもらう。

リーダーの精悍な若者はデルカント。鎧《よろい》を着ていないのでおかしいなと思っていたんだけど、実は魔法使いだったようだ。

他の仲間は三人。

メルディケ。姉御肌っぽい女性の前衛役。剣と盾のノーマルなスタイルの戦士だ。

パーラ。前衛第二弾。手斧《ておの》二刀流というなかなか尖ったスタイルの戦士。

ジェニス。回復役の神官。ツンとした女性。見た目から一番の年少だと思う。なんだろう、女神官はツンとしていないといけない法則でもあるのだろうか？

ハーレムパーティだ。

冒険者の女性率ってそんなに高くないと思うんだけど、出くわすのはなぜか女性のみパーティか、ハーレムパーティかになっているような気がする。

気のせい？

まぁともかく、門を抜けて外に出る。

森に入るまでに子供冒険者たちがいた。入るための列に並んでぶつくさ言っている。

こちらに気が付いたので手を振っておいた。

「あなた、ここの森には詳しいのですか？」

それを神官のジェニスに見られていた。

「はぁまぁ、浅い層なら」

「それなら、案内もできるのかしら？」

「浅い層なら？」

「そう」

なに？

これって案内人とかやらされる流れな気が……？

いや、俺って荷物持ちだよ？

あなたらの大事な荷物を持ってるんだけど。

……なんて考えは、甘かった。

「その歳《とし》で？　雑魚《ざこ》ね」

鼻で笑われた。

無表情ツンキャラかと思った神官は、まさかの暴言系だった。

「聞いて、彼って……」

しかもけっこうお喋《しゃべ》りだった。

俺の話は即座に前を進んでいた三人に伝わり、そろって似たような表情を作って鼻で笑った。

「いやぁ、そんな年齢になっても薬草採りしてるのか」

「うわぁ、ざっこ」

「こうはなりたくないわね」

それから四人は自分たちの冒険自慢を始めながら森に入っていった。

どうやらこのパーティ『烈火』は、アイズワのダンジョンで魔物退治に自信を付けたようだ。

「王都に流れてくるような魔物なんてたいしたことないのに、怯《おび》えるなんて、ほんとにここの冒険者は雑魚ばかりだな」

デルカントが高らかに笑う。

ううん、すごい。

冒険者同士の活動している場所でのやり合いというか、縄張り間のすっぱいブドウ論というか、あっちの世界で言う県民愛の衝突というか……なんかそういうマインドが存在しているのは知っていたけれど、まさかこんな真正面から言われる日が来るとは思わなかった。

いやぁ、思った以上にめんどうな仕事を引き受けちゃったなぁ。

さっさと終わってくれないかな。

一行は森を進んでいく。

出発時間が昼だったので、すぐに夜になってしまった。

荷物を下ろすと、彼らはテキパキと野営の準備を始める。

「ええと、俺の食事は？」

「は？　そんなのあるわけないだろ？」

「自分でなんとかしな」

「ここはあなたの方が詳しいんでしょ？」

ううん……。

少し前ならトホホぐらいの気持ちになっていたかもしれないが、いまだとなんか、すごいなっていう気持ちにしかならない。

まぁ、用意されててもどうせ保存食だろうし、こっちはこっちで勝手にやろう。

少し離れた場所で焚火《たきび》を用意し、ささっと【ゲーム】で食べ物を出す。

ううん……ハンバーガーセットにしようか。

今回はパテ二枚チーズ二枚のダブルチーズバーガーだ。フライドポテトとコーラも付いてくる。

バンズとパテを一緒に噛《か》む感触。口内を飾るケチャップとマスタードの味、そして時々入り込むピクルスの食感。

美味《うま》い。

塩の利いたポテト。そして炭酸と甘味《あまみ》が弾けるコーラ。

ああ、なんか美味い。

向こうにあった当たり前が、当たり前じゃなかったんだと感じる味だ。

Mマークのハンバーガーショップなんて、向こうだとどこでもあったんだけどね。こっちだと存在すらしないからね。

そして、これって意外と匂いを周りに撒《ま》いてるよね。

特にフライドポテトの油の匂い。

さっきから四人の視線を感じる。

あげないよ。


夜のテントはどったんばったん大騒ぎ……とはならなかった。

二人一組で交代して見張り番をしていたので、俺は遠慮なく眠らせてもらった。

いや、たぶん俺のことは守ってくれてなかったと思うけどね。

まだこの辺りは浅い層なので、襲われたりはしないと思う。

そういえば、入り込んだ魔物ってどんなんだろう？

調査も依頼の内だったから、正体は判明してないんだよね。

なにが出てくるのやら。

なにごともなく朝になり、朝の支度を済ませて捜索を再開。

……いまさらながら思ったけど、このパーティって野外活動の達人って、いるの？

要は狩りとかができる人ってことなんだけど。

魔物の足跡とか糞《ふん》とか、縄張りの印とか、そういうのを探している様子がないんだよね。

ただ、森をうろうろしているだけのような？

いや、ほんとにうろうろしているだけじゃない？

え？　これ大丈夫なん？

この大荷物ってもしかして、歩き回るだけで時間がかかるからこの量になっているとかじゃないよね？

心配しながら進んでいる内に、一応はなにかを調べながら進んでいることはわかった。

調べているのは主にデルカントだ。

でもなんか、違わない？

たまに足を止めて木とか草とか調べているけど、生き物の痕跡を探している様子じゃないような？

首を傾げながら荷物持ちに従事する。

一行は森の奥へ奥へと進んでいく。

あちこち調べているけど、森の奥へ向かっていることは変わらない。

魔物、探してる？

「やった！　ついに見つけたぞ！」

デルカントが声高に叫んだのは森に入り込んで三日目のことだった。

すでに森の奥深くにおり、頭上は木々の葉でしっかりと覆われ、夜とほとんど変わらない暗さだ。

デルカントが作った魔法の光が当たりを白々と照らしている。

ここまで来ると、彼らが明らかに魔物探しのために森に来ていないことは明らかだった。

「これを……」

デルカントは木の根元でなにかをしている。

その木は、根元に大きめの岩を巻き込んで育っているため、奇妙な形となっていた。

苔《こけ》むした岩を触り、その苔が剝《は》がれ落《お》ちないように気を付けながら、その裏に刻まれている文字らしきなにかを読み取ろうとしている。

「その苔、取っちゃダメなのか？」

当たり前の疑問を両手斧のパーラが投げかけた。

「だめだ。これがあってもちゃんと機能しているということは、逆に、取ると異常が起きるとも考えられる。あれは現代魔法だけでなく自然呪術にも通じている。こういう苔一つにも意味があると考えた方がいい」

なんか難しいことを言っている？

いや、それより……。

『あれ』ってなにさ？

うわぁ、いまさらだけど嫌な予感がひしひしとしてきたぞ。

絶対、魔物探していないよこれ。

なんだ？

森に堂々と入り込む理由が欲しかっただけか？

そしてなにかを調べている。探している？

ていうか、この森って……奥地にいるのって……。

「できた」

デルカントのその言葉の後でそこに光の球が生まれた。

存在感の割に直視していても目に痛くない程度の光量しか放たない謎の存在。

それは……。

「ダンジョンの入り口？」

現れたそれは、そうとしか思えない形をしている。

「ふっ、薬草採りしかしていないようなおっさんでも、ダンジョンの入り口ぐらいは見たことがあるか」

「そういうあんたらは、魔物退治に来たんじゃなかったのか？」

「ああ、見つけていたら倒していたよ。それが冒険者としての仕事だからな。だが、残念ながら見つからなかった」

「見つける気なんてなかったくせに」

「ふふ、それぐらいはわかるんだ」

と、メルディケが側に来て俺に剣を向けた。

「でも、荷物持ちって大事なのよね。だからまだ殺したくないんだけど。どうする？」

「大公爵が開発しているという空間魔法の正体を探るために、マジックポーチの類《たぐい》は念のために持ってこなかったんだ。干渉されてはたまらないからね。さて、どうする？　仲間を荷物持ちにすると戦力が低下するから、君は殺したくない。だが、逆らうなら死んでもらった方がいいんだが？」

「ええ……」

ううん……負ける気はしないけど。

なんか、そんな気分になっていないと人間を殺すのって抵抗があるんだよな。

これが魔物なら、悩む必要もなかったんだけど。

「ふっ、賢い判断だ」

悩んでいる間に、俺が屈服したと判断したらしい。デルカントは笑い、光の渦に手を伸ばした。

「では、解析を開始する。魔導を極めたファウマーリが開発した人造ダンジョン。その正体を」

人造ダンジョン？

そんなものを作っていたのか。

さすがファウマーリ様。

他人事《ひとごと》のようにそんなことを考えながら眺めていると、景色が歪《ゆが》んだ。

「っ！　なんだ？」

「デル！　なにか変だ！」

「無理矢理《むりやり》開いた魔導式になにかが干渉を……ばかな、空間魔法を使った物は持ち込んでいない。まさか、お前たち？」

「冗談じゃない！」

「言われた通りにしたよ」

「うん！」

「それなら……」

「ああ……もしかして、マジックポーチを持っていたらだめだった？」

「なに？」

俺が声をかけると、デルカントが焦った顔で俺を見た。

「持ってるんですけど」

「そんな！」

絶望の悲鳴は誰のものだったのか。

歪みがかかってわからなかった。

歪むのは音だけじゃなくて、景色もさらに歪んでいき、やがて光の渦が牙を剝《む》いて俺たちを飲み込んだ。

どうやら、なにか失敗したらしい。

俺のせい？

ええ……。


いきなり意識が途切れた。

「うっ？　あ？」

視界が暗い。

目が開かない。

いや、なんか全身が痛い。

動かない。

あれ？

これ、かなりやばい？

なんか死にかけてない？

ええと、こういう時は……体が動かないけど、スキルは使える？　うん、使えそう。

それなら【夜魔デイウォーカー】を使って、それから【血液化】して……あ、思考がクリアになったかも。え？　もしかして脳が歪んでた？　怖い！

……とにかく、それから元の姿に戻る……と。

「ぷはっ！」

なんか、すごく体が楽になった気がする。

もしかしなくても死にかけてた？

【再生】があったからギリ生きてたみたいな状況……だったような気がする。

そういえば、真っ裸だ。

元の服は……うわ、なんだこれ？

ボロボロなんだけど、なんかねじりにねじったみたいな形になってるんだけど……え？　俺これ着てたんだよね？

どうやって？

なんでそんな状態で血とか出てないの？

怖っ。これ以上は考えないようにしよう。

「他の連中は？」

見当たらない？

俺だけここに来た？

いや……背負っていた荷物がないな。なら、彼らが持って行ったと考えるべきか？

「おっと、忘れるところだった」

絞り切った雑巾みたいになった服の中からマジックポーチを回収。

壊れてない？

大丈夫？　よかったぁ。

巻き込まれてグネグネになっていたけど、なんとか機能は無事だった。

いつまでも真っ裸というわけにもいかないので、【ゲーム】から新しい服とか十手とかを出しておく。

マジックポーチも【ゲーム】に出し入れする裏技で、形の歪みが元に戻った。

「さて……ここはどこなんだ？」

白い壁と床。一体型の四角い通路がまっすぐに伸びている。先が真っ暗になるぐらいにとにかく直線だ。

前も後も変わらないので、とりあえず俺が見ている方を前ということにして進んでみる。

「さあてと……」

これ、どれぐらい続くんだろう？

そう思ってから、一か月が過ぎた。

一か月。

たぶん、だけどね。

代り映えのない白い通路を進んでいく。時々起動する【ゲーム】内の作物の成長具合だけが時間経過を知る頼り……。

いや、頼りにならなかった。

ダンジョンでならそれでなんとかなっていたのに、今回はだめだ。

作物が育たないのだ。

【ゲーム】がバグった？

それとも……時間が流れていない？

いや、そういうこともあるかもしれない。

だって、確かにここはどこかおかしいのだ。

まずお腹《なか》が減らない。

そして、なにをしても疲れないのだ。

この時点でおかしい。

さらに……。

進んでいると時々、影みたいなものに出くわす。

なにかをぶつぶつと呟《つぶや》きながら通り過ぎていく影。

こちらから声をかけても反応しない影。

なにを喋っているかわからなけど、声のいくつかはデルカントたちだったような気がした。

そしてその、デルカントたちかもしれない影は、常に俺の前から現れて、通り過ぎていく。

「これは、なにかの罠《わな》に引っかかったのかな？」

なるべく軽い感じで呟く。内心はけっこう焦っている。

というか、焦りすぎて落ち着いたというべきか。

こういう感情の変化ももう何周目かなので、その内また慌てたりするかもしれないけど、いまは落ち着いている。

落ち着いている間に解決方法を見つけないと。

同じ場所を何度でも行き来する無限回廊。

破る手段を求めて色々なことをした。

壁や床を全部叩《たた》いたり傷つけたりした。逆に移動したりもした。【制御】を解除して全力疾走してみたりもした。その勢いを利用して天井を走ったりもしてみた。

壁壊しも挑戦した。

だけど全部無駄だった。

あいにくと魔法的な方面での調査はなにもできなかった。

もしもそこにしか活路が見いだせないのだとしたら、もう完全に詰んだことになる。

できればそんなことにはなりたくない。

「でも……どうすれば」

「そなた、しぶといのう」

さすがにちょっと疲れたなぁと思っていると、いきなり声をかけられた。

誰……と思った時にはもう目の前にいる。

ただ、その姿が……。

「ファウマーリ様？」

……の、ように見える。

ただし、大きさが違う。

目の前にいるのはよくて十歳ぐらいの女の子だ。

だけど容姿の面影や佇《たたず》まい、衣装の雰囲気などは間違いなくファウマーリ様だ。

「ずいぶんと小さくなって？」

「ほう。そなたは妾《わらわ》を知っておるようだな」

あれ？

俺のことを知らない？

では、この人はファウマーリ様ではないのか？

でも、『知っておるようだな』って？　え？

「どうやら、妾の秘密を探る愚か者ではないようだし……ふむ、なるほどな」

「ええと、あの？」

「そなた、ここから出たかろう？」

「っ！　それはもう！」

「では、少し手伝え」

そう言うと、彼女は俺の手を取り……。

いきなり、場所が変わった。

そして、目の前には……？

怪物？

「あれが邪魔して作業が進まんのだ。倒せ」

「え？　へ？」

「奮闘せよ」

「えええええええええええええ！」

怪物は、なんだかよくわからない形をしていた。

ねじれた老木の形をした肉塊には、シミュラクラ現象を思わせる穴がたくさん開いていた。

広がる枝と根が手や足になっていて、上下が反対になっても問題なさそう。

まぁ動くんだけど、なんでこれが動いているのかよくわからない。

これを、倒せと？

俺に気付いて襲ってきているから、もう戦うしかないんだけど。

とりあえず、十手を【血装】で固めてぶん殴る。

簡単に吹っ飛んだ。……けど、すぐに起き上がる。

あれ？　どこも怪我《けが》してない？

なんかおかしいな。武器を剣に変えて、今度は切る。

切れた。うん、ちゃんと切れる。

だけど、切れたところがすぐに乾燥して表皮になり、その部分が新しい枝に変化した。

「忘れていた。ここでは死はない。だから殺すのではなく動けなくすることを念頭に置け、というか、この壺《つぼ》に入るぐらいに小さく切って収めればよいぞ」

「そういうことは早く言って！」

泣きながら戦った。

キモイから。

そんなに強くないんだけど、死なないからとにかくしつこい。

たくさんの手足で捕まえようとしてくるのもホラーだけど、あのたくさんの穴から声と視線が同時に刺さってくる感触も気持ち悪い。

見えないけど、明らかに声と視線に物理的な力が宿って俺に触れてくる。

なんか……戦ってるんじゃなくて、必死に振り払っているみたいな感じになってしまった。

そしてそんな気持ち悪い敵を、切り分けては壺に収めるというグロ作業。

この世はいつからホラーゲーになった？

それでも……なんとか終わった。

切っている最中の質量と、壺に収まっている質量が明らかに違うと思うんだけど、もうそんなことは突っ込まないからな！

「ふむ。ご苦労」

「いや、めちゃくちゃですって！」

「時間の止まった世界故に死なないものでな。倒すには工夫がいるのだよ。それがなかなか手間でなぁ」

「はぁ……」

いやしんど……いやいや、なんか疲れていないんだけど、しんどい。精神的にしんどい？

なんでこんな世界でこの人は正気でいられるんだろう？

あ、そういえばオーバーロード的な存在だったか。

つまり不死。死霊魔法使い的な存在。

存在自体がホラーだからか？

……それでいいや。

「ファウマーリ様はここでなにをしておられるんです？」

「妾か？　昔からの夢を叶《かな》えるためにな」

「ていうか、ファウマーリ様なんです？」

「うむ。妾だ。妾はそなたのことを知らんがな」

「どういう……？」

いや、こんなこと聞いても教えてくれないか。

「妾はな。お前が会うたことのある者から分かれた、魂の双子のような存在じゃな」

「魂の双子？」

「そうじゃ。とある目的を果たすためにな」

「目的って？」

いや、聞くのはまずいのか？

でもなんか、教えてくれそうな気もする。

こんなところにいると、話し相手にも困るだろうし。

「父がな、昔いた場所に興味があってな」

「……は？」

「あの世界に通じる方法はないかと色々と試しておる内にここまで来た。まぁ、この先に本当にそれがあるとも限らんのだが、ここには時間がないからな。失敗をしたとしてもさほどの痛手でもない。ここでの教訓を活《い》かして、別の試みを行うのみだ」

父って祖王だよね？

父の昔いた場所って……俺の元いた世界のこと？

この通路？　トンネルってもしかして、世界の壁を貫通しようとしているわけ？

「じゃあ、さっきの魔物って？」

「そなたには魔物に見えたか？」

「え？　どういう意味？」

「世界の壁を破るということは、法則の違う世界へ飛び込むということだ。宇宙を突き抜けるのとは話が違う。なにより父の昔いた場所は魔力がなかったという。ならばもうそれだけで宇宙そのものすらも違う成り立ちをしている可能性がある。そんな場所になにも備えずに近づけば、触れた瞬間に死ぬことすらもありえるぞ。それだけでなく、宇宙そのものを崩壊させることだってありえる」

なにそれ怖っ！

「そうさせないためのこの場所だ。空間そのものに保護膜を被《かぶ》せ、己の理解に沿った姿を見えるようにする。代償に、脳や精神が負荷に耐えられなくなると、己の姿さえも変質してしまうがな」

姿が変質……だから、デルカントたちはあんな影みたいになっていたのか。

なんかおかしなことになった俺から荷物を奪って先に進み、その内に無限回廊に疲弊して、あんな姿になったってことか。

「ここの秘密を知ろうとたまに不埒《ふらち》者がやってくる。そのおかげで、妾は成長の概念のないこの空間で魔力を貯《た》めることができるのだがな」

「えええええええ……」

「そなたは普通の不埒者とは違うようなので、別の方法で利用させてもらった」

危なぁ。

ここって本当に、関係のない人には罠空間でしかなかったってことだ。

変なことに巻き込まれたなぁ、もう。

「どうやら巻き込まれただけのようだし、向こうの妾とも知り合いのようだからな。今回の働きに免じて帰してやろう」

「あ、ありがとうございます！」

「今後は気を付けることだ。……とはいえ、ここでのことは覚えてはいまいが」

「へ？」

「時間の概念がない場所でのことなど、どうやっても記憶には残せんよ。いまは覚えているように錯覚しているが、外に出れば脳が正常に働き、短期記憶部分が溢《あふ》れかえって消失する。まぁ、夢みたいな名残は残るかもしれんが、夢をいつまでも覚えている者も少ないだろう？」

「ううーん」

よくわからないけれど、俺は夢を覚えているタイプではない。

あれ？

「それなら、ええと……あなたは、どうやってここでのことを外に知らせるんです？」

ここでやっていることが成功したかどうかを、外にいるファウマーリ様に伝える気なんだろう？

だけど、外に出たら覚えていないのなら、伝えられないじゃないか。

「簡単だ。外への穴を潰せば失敗。穴がある状態で妾が外に出ていれば、成功か……大失敗だ」

「だ、大失敗って……？」

「なにが起こるかわからんなぁ。異世界の法則が流れ込んでくるかもしれんし、なにか恐ろしい物になるかもしれん」

「えええ……」

そんなの、やらせてていいんだろうか？

「まぁ、この世はなるようにしかならんよ」

そう言うと、小さなファウマーリ様はおざなりに手を振った。

「ではな。報酬はないが、命より大事なものもそうなかろう。命があるからこそ、好きなこともできるというものじゃからな」

小さなファウマーリ様は無邪気な子供のような笑顔を俺に向け、そして……。


「はへ？」

ああ……れ？

ここ、冒険者ギルドの酒場？

いつの間に寝たんだか。

こんな薄い酒で酔っぱらって寝るとか、そうとうに暇だったんだな。

ああもう夕方か。

なにもない日だったなぁ。

帰ろう。

帰って寝直そう。

明日からはまた、そこそこ忙しくしよう。

その方が、なんだか前向きだ。

†††ファウマーリ†††

「ふむ、まぁこんなものかな」

首を傾げながら宿に戻っていくアキオーンを見送り、ファウマーリはふふんと笑みを零《こぼ》す。

魔法ギルドの不埒者とその仲間に巻き込まれて、彼女の研究に触れてしまったようだが、無事に戻ってきたということは、中にいるもう一人の自分に助けられたのだろう。

つまり、あの中にいるはずのもう一人の自分は、無事に活動を続けているということだ。

であれば異世界への探求はいまも続いているということであり、そしてもう一つの目的も遂行されているということか。

ダンジョン。

この世界に存在する大いなる謎。

いつか、それに触れる時が来るかもしれない。

……が、それがどんな事態を引き起こすのかは、ファウマーリにだってわかりはしないのだが。

「妾が秘密に辿《たど》り着《つ》くか、冒険者たちがいつかあの深淵《しんえん》に到達するのか……どちらが早いのか」

あのアキオーンなら、いつか力尽くでそれを成してしまうのかもしれない。
そう思いながら、ファウマーリはその場から姿を消した。

MFブックス

底《てい》辺《へん》おっさん、チート覚《かく》醒《せい》で異《い》世《せ》界《かい》楽《らく》々《らく》ライフ 2

2024年4月25日　初版第一刷発行

著者　ぎあまん
発行者　山下直久
発行　株式会社KADOKAWA
〒102-8177　東京都千代田区富士見2-13-3
0570-002-301（ナビダイヤル）
印刷・製本　株式会社広済堂ネクスト
ISBN 978-4-04-683555-0 C0093

担当編集　森谷行海
ブックデザイン　AFTERGLOW
デザインフォーマット　AFTERGLOW
イラスト　吉武

本書は、2022年から2023年に「カクヨム」（https://kakuyomu.jp/）で実施された「第8回カクヨムWeb小説コンテスト」で大賞（異世界ファンタジー部門）を受賞した「底辺冒険者なおっさんの俺いまさらチートを持っていることに気付く　領地経営ゲームで現実も楽々ライフ」を改題の上、加筆修正したものです。

ファンレター、作品のご感想をお待ちしています

宛先
〒102-8177　東京都千代田区富士見2-13-3
株式会社KADOKAWA　MFブックス編集部気付
「ぎあまん先生」係　「吉武先生」係

二次元コードまたはURLをご利用の上
右記のパスワードを入力してアンケートにご協力ください。

https://kdq.jp/mfb
パスワード
afeet

●PC・スマートフォンにも対応しております（一部対応していない機種もございます）。
●アンケートにご協力頂きますと、作者書き下ろしの「こぼれ話」がWEBで読めます。
●サイトにアクセスする際や、登録・メール送信時にかかる通信費はご負担ください。
●2024年4月時点の情報です。やむを得ない事情により公開を中断・終了する場合があります。

ヴィーナスミッション
VENUS MISSION
~元殺し屋で傭兵の中年、
勇者の暗殺を依頼され
異世界転生！~
AUTHOR
MIYABI
ILLUSTRATOR
ニシカワエイト
女神からの依頼は、
勇者32人の暗殺!?
――チート能力で暴走する勇者たちを抹殺せよ。
元殺し屋の男は、女神から「暴走する勇者32人の暗殺」を依頼され異世界に転生する。前世の戦闘技術や魔法を駆使し、暴走する勇者達を殺害していくが、同時に召喚に関する陰謀や女神の思惑にも巻き込まれてしまう――。
MFブックス新シリーズ発売中!!
MFブックス